던지는 아이

초판 1쇄 발행 2026년 1월 25일

글 이옥수 정명섭 박진규
펴낸이 정혜숙   **펴낸곳** 마음이음

책임편집 여은영   **디자인** 김세라
등록 2016년 4월 5일(제2018-000037호)
주소 03925 서울시 마포구 월드컵북로 402, 9층 917A호(상암동 KGIT센터)
전화 070-7570-8869   **전자우편** ieum2016@hanmail.net   **팩스** 0505-333-8869
블로그 https://blog.naver.com/ieum2018   **인스타그램** @mindbridge_publisher

ISBN   979-11-94494-34-8 43810

던지는 아이

이옥수 정명섭 박진규 글

마음이음

중학생이 되는 딸에게

청소년들에게 마약에 대해 말하는 일은 여전히 금기다. 예방하려다가 자칫 호기심이라도 줄까 두려워서 학교도, 부모도, 사회도 모두 입을 다문다. 그러는 사이 마약은 휴대폰을 통해 손바닥으로 스며들어, 클릭 몇 번이면 택배처럼 문 앞에 배달되는 세상이 되었다.

『던지는 아이』는 그 침묵을 깨는 책이다. 교육과 호기심, 그 아슬아슬한 경계 위에서 섣불리 가르치지도, 자극적으로 유혹하지도 않는다. 표제작 「던지는 아이」의 현우는 생존과 유혹의 경계에서 흔들린다. 현우가 왜 그 길을 선택했는지, 이 책은 어른의 시선이 아니라 학생의 눈으로 어떤 뉴스보다 생생하게 보여 준다. 읽는 동안 우리는 비난보다 이해하게 되고, '왜?'라는 질문을 통해서 사람의 마음을 보게 된다.

마약 하는 사람은 흔히 범죄자나 좀비로 여겨지곤 한다. 그러나

「헬게이트」의 주인공 소율은 친구와 웃고, 시험을 걱정하며 살아가던 평범한 아이였다. '어어어?' 나도 모르게 친구에게 떠밀려서 한순간의 선택이 삶을 어떻게 뒤흔드는지를 보여 준다. 지옥은 멀리 있지 않다. 너무나 평범한 '한번'의 선택이 지옥 문을 연다. 마약은 머릿속에 불을 피우는 것과 같다. 단 하나의 불씨만으로 뇌라는 숲이 타 버리고 남는 것은 재뿐이다. 마약은 뇌의 도파민 회로를 망가뜨려 스스로 행복을 느끼는 능력을 잃게 만든다. 한 번의 쾌락이 평생의 결핍으로 바뀌는 것이다.

「마약탈출방 ZERO」는 가상을 빌린 현실의 이야기다. 가상 아닌 현실 중독을 체험하고, 그 속에서 자신을 성찰한다. 책을 읽다 보면 어느새 내가 주인공이 되어 그 속에 빠져들어 가게 된다. '나와 너는 이곳에서 빠져나올 수 있을까?' 우리는 단단한 눈빛으로 손에 힘을 꼭 쥔 채, 작품 속의 친구를 응원하게 된다.

마약을 다룬 소설은 자칫하면 공포니 교훈, 아니면 흥미거리로 흐르기 쉬운데 이 책은 다르다. '마약은 나쁘니까 하지 마라' 말하는 대신, '왜 나쁜지, 어떻게 위험한지'를 보여 준다. 공포가 아니라 공감으로, 두려움이 아니라 이해로 말한다. 내가 많은 사람들을 상담하면서 얻은 효과적인 예방은 '막연한 두려움'이 아니라 '분명한 이해'다. 이 책은 바로 그 '이해의 힘'을 빌려 마약이라는 어둠을 비춘다.

보통 몸에 좋은 음식은 맛이 없고, 맛있는 음식은 몸에 나쁜데, 이 책은 건강하면서도 맛있다. 읽는 내내 흡입력이 있고, 책을 넘고 나서도 여운이 남는다. 책을 덮고 나서 나는 다짐했다. 이 책을 올해 중학교에 올라가는 내 딸에게 가장 먼저 건네기로.

이 책은 마약으로부터 '두뇌의 면역'을 키워 주는, 세상에서 가장 따뜻한 예방 백신이 될 것이다.

양성관
의정부 백병원 가정의학과 과장
『마약 하는 마음, 마약 파는 사회』 저자

| 차례 |

던지는 아이

| 정명섭 |

"야! 나현우."

자신을 부르는 퉁명스러운 목소리에 나현우는 고개를 돌렸다. 금요일의 교문 앞은 해방감에 들뜬 아이들로 시끌벅적했다. 나현우를 부른 사람은 안상태였다. 안상태와 나현우는 학교에서 서로 유일한 친구였다.

둘 다 가난하고 공부도 못했는데, 친구들과 잘 지낼 센스 같은 것도 없었다. 잘 지내기는커녕 안상태는 까칠하고 소문만 무성해서 아이들에게 따돌림당하는 상태였다. 존재감은 있지만 친구는 없었고, 교실의 먹이사슬 가장 아래쪽에 있었다.

작년에 전학 온 안상태에게는 전 학교에서 자살 소동을 벌였다는 소문이 따라왔다. 거기다 자기가 탐정의 조수로 사건을 해결한다는 헛소리까지 했다. 가만히 들어 보면 뉴스나 신문, 유튜브에 나오는 얘기를 적당히 조합한 것 같았다. 그나마 추리 소설을 좋아하는 나현우가 안상태의 헛소리를 들어 줬다.

거짓말하는 가난한 아이라는 점이 나현우의 마음을 끌었다. 나현우도 가난을 숨기고 싶고, 자존심 같은 걸 지키고 싶어서 종종 거짓말을 했다.

나현우 어깨에 안상태가 손을 둘렀다. 둘 다 또래보다 체구가 작은 편이었는데, 외모로 보자면 여드름투성이에 까무잡잡한 안상태보다 키가 좀 더 크고 균형 잡힌 얼굴의 나현우가 나았다. 안상태가 나현우를 올려다보면서 물었다.

"너, 요즘 바쁜 거 같던데?"

"남이야 바쁘든 말든."

"요새 뭘 하는데 에어조던을 산 거야?"

나현우는 안상태의 눈길이 닿자 얼른 발을 뒤로 뺐다. 신발을 밟을까 봐서였다. 그러고는 쏘아붙였다.

"그냥 돈 모아서 산 거야."

"그러지 말고 좋은 알바 있으면 같이 하자."

"왜 너랑 하는데?"

"없는 애들끼리 상부상조해야지. 안 그래?"

안상태는 돈에 목말랐는지 끈질겼다. 결국 나현우는 선심 쓰듯 말했다.

"알바 하나가 있긴 한데."

"뭔데? 나 요즘 궁하단 말이야."

"잠깐 기다려 봐."

나현우는 안상태를 두고 맞은편 인도로 건너가 요구르트를 파
는 아줌마 옆에 서서 휴대폰을 꺼냈다. 그러곤 텔레그램 메시지
를 보냈다.

- 저예요. 이모.
- 무슨 일이야. 먼저 연락하지 말라고 했잖아.
- 어차피 오늘 연락하실 거였잖아요. 부탁이 있어서요.
- 무슨 부탁?
- 친구가 알바를 하고 싶어 해요.

나현우는 건너편에 있는 안상태를 바라봤다. 선배에게 물려받
은 교복은 컸고, 몸집이 마른 편이라 초라해 보였다. 얼마 전까지
비슷한 처지였던 나현우는 안상태가 더없이 한심해 보였다.

잠시 후, 텔레그램 메시지가 왔다.

- 믿을 만한 애야?
- 저처럼 집이 넉넉하지 않아요. 돈이 필요하대요.
- 믿을 만한 애냐고?
- 네! 싸가지는 없지만 책임감은 강한 것 같아요.
- 난 모르는 사람이랑은 일 안 하는데.
- 아는 친구 소개해 달라고 했잖아요.

던지는 아이 | 정명섭

이모의 답장을 기다리는 사이 안상태를 훑어보았다. 예전의 자신처럼 가난에 얽매여 있는 게 안쓰럽고 불쌍했다. 마침내 이모에게서 텔레그램 메시지가 도착했다.

- 알겠어. 오늘 오후 6시까지 대치동으로 오라고 해.
- 지난번 그 장소요?
- ㅇㅇ
- 연락처는 남겨 드릴까요?
- 이름이랑 같이, 걔 사진 있어?
- 찍어서 보낼게요.
- ㅇㅇ 그리고 학교에 그거 할 만한 애 없어?

나현우가 잠깐 교문을 쳐다봤다. 지긋지긋한 학교였지만 그래도 그런 짓을 해서는 안 될 것 같았다.

- 잘 모르겠어요.
- 다이어트 약 필요한 애 없어? 공부하는 애들 중에 약 하고 싶어 하는 애들 있을 텐데.
- 에이, 공부하는 애들이 다이어트 약을 왜 해요?
- 집중력을 높이는 거라고 하면 되잖아. 네가 좀 팔아 봐.
- 제가요?
- 그래, 언제까지 심부름만 할 거야. 돈 필요하다며.

- 알아볼게요.

- 특별히 넌 싸게 줄게. 쏠쏠할 거야.

- 제가 약을 팔 수 있을까요?

- 그럼. 너도 해 봐서 알잖아. 학생이 이런 돈을 어떻게 버냐.

- 그렇죠.

계속 메시지를 주고받다가는 약까지 팔게 될지도 모른다는 생각에 서둘러 다음 메시지를 남겼다.

- 오늘 제가 할 거는요?

- 기다려 봐. 얼른 친구 얼굴 사진 찍어서 보내.

나현우는 휴대폰으로 길 건너편에 있는 안상태를 찍었다. 연락처와 사진을 주는 게 양심에 찔렸지만 돈을 원한 건 상태였다.

- 돈 있다고 자랑하지 마. 갑자기 신상 같은 것도 사지 말고.

이모가 다 보고 있는 것 같아서 오싹 소름이 돋았다.

- 걱정 마세요.

- 알겠어. 이따 연락하자.

나현우는 손짓으로 안상태를 불렀다. 한걸음에 달려온 안상태는 싱글벙글이었다.

"오늘 오후 6시까지 대치역 2번 출구 앞으로 가."

"그럼 누가 있는 거야?"

"응. 담당자가 나온대. 나는 오후에 다른 알바가 있어서 대신 소개시켜 주는 거야."

"같이 가는 거 아니었어? 아쉽네."

안상태의 표정은 전혀 아쉬워 보이지 않았다. 어쩐지 얄미웠다.

"싫으면 말고."

"아, 아니야. 할게."

냉큼 손사래를 친 안상태가 물었다.

"그런데 무슨 알바야?"

"시음 행사 알바."

"시음 행사?"

"대치동 학원가에서 신제품 음료를 홍보하는 거야."

"무슨 음료수?"

나현우는 꼬치꼬치 묻는 안상태에게 짜증이 났다.

"집중력을 높이는 에너지 드링크래. 자세한 건 나도 몰라. 시간당 5만 원."

"우아! 세네."

"그러니까 할지 말지 빨리 말해. 간 보지 말고."

"해야지. 할게!"

"그럼, 네 연락처랑 이름 보낸다. 가면 누가 나올 거야."

"아까 사진도 찍었으니까 날 알아보겠지?"

'눈치 하나는 끝내주네.'

속으로 놀라며 나현우가 대답했다.

"돈 받으면 코노 한번 쏴라."

"물론이지. 고마워."

나현우는 드디어 안상태를 떼 냈다고 생각하고 뒤돌아섰다. 그러다 안상태가 갑자기 팔을 잡자 놀랐다.

"왜?"

"내 도움이 필요하면 언제든 연락해."

'그럴 일이 있겠냐?'

나현우는 속마음과 다르게 마음에 없는 대답을 했다.

"그래. 알았다."

"전화하든지 암호처럼 아무 메시지나 보내든지."

"뭐라고? 그게 무슨 말이야?"

"그냥. 도움이 필요하면 언제든 연락하라고."

안상태가 손을 흔들며 사라졌다. 나현우는 이상한 눈으로 안상태를 바라보다가 발길을 돌렸다.

예전 같으면 가기 싫어도 지긋지긋한 집으로 갈 수밖에 없었다. 하지만 돈이 있는 지금은 상황이 달라졌다.

'PC방에서 게임이나 하면서 기다릴까?'

생각 같아서는 옷도 사고 싶었지만 돈 버는 티를 내지 말라는 이모의 말에 마음을 고쳐먹었다. 에어조던도 제대로 자랑하지 못했다. 하지만 수중에 돈이 있다는 것만으로도 행복했다. 자존감도 높아졌다. 그러다 문득 이모의 정체가 궁금해졌다.

이모라고 부르라 해서 부르지만 얼굴도 연락처도 모른다. 알바를 구하려고 인터넷에 들어갔던 게 시작이었다. 흘러 흘러 들어간 텔레그램 방에서 이모를 만나게 되었다. 정확하게는 인터넷에서 접촉하게 된 것이다. 이름과 나이를 물었을 때는 학생이라서 거절당하는 줄 알고 가슴이 조마조마했다.

그런데 던지기 알바를 하겠느냐는 메시지가 왔다. 그게 뭐냐는 물음에 심부름 같은 거라고 했다. 지정받은 장소로 가서 물건을 챙겨 다시 지정받은 장소로 가져다 놓으면 된다고 했다. 일당이 얼마냐는 물음에 백만 원이라는 답을 받았을 때는 놀라서 휴대폰을 떨어뜨릴 뻔했었다. 몇 번이고 금액을 확인하자 좀 위험한 물건이라는 이모의 메시지가 도착했다. 얼마나 위험하느냐는 물음에 이모는 싫으면 하지 말라고 했다. 나현우는 서둘러 시키는 대로 하겠다고 메시지를 보냈다.

그때부터 던지기 알바를 했다. 예상치 못한 큰돈이 생기면서 치킨도 마음대로 시켜 먹고 게임기도 살 수 있었다. 티 내지 말라는 이모의 경고 때문에 친구들의 눈에 띌 옷이나 신발은 제대로 살 수 없었다.

'고등학생이 되면 신나게 써야지.'

PC방에 도착할 무렵 텔레그램 메시지가 왔다. 오늘 알바 할 목록들이 떴다.

맨 처음에 한 던지기 알바에서는 백 만원을 받았다. 그 뒤로는 별로 위험한 게 아니라며 건당 5만 원짜리 일을 시켰다. 그래도 스무 개를 채우는 날에는 백만 원을 벌었다. 이렇게 쉽게 돈을 벌 수 있다니 꿈만 같았다.

위치들을 확인한 나현우는 이모에게 메시지를 남겼다.

- 확인했어요. 바로 움직일게요.
- 미행 같은 거 있는지 잘 확인하고, 좀만 낌새가 이상하면 약부터 챙겨서 튀어.
- 누가 저 같은 중딩을 의심하겠어요?
- 요즘은 초딩들도 촉법을 무기로 사고를 쳐. 맘 놓지 말고 항상 긴장해. 운반비는 암호 화폐로 넣어 줄게.
- 네. 물건은 지난번 거기에 있나요?
- ㅇㅇ 405.

나현우는 머릿속으로 던지기를 할 위치를 확인했다. CCTV가 없는 낡은 빌라에 설치된 실외기 뒤쪽이나 지하철역 무인 보관함이 대부분이었다. 운반해야 할 물건도 무겁거나 부피가 큰 건 아니라서 가방 하나에 다 넣을 수 있었다.

웅성거리며 학원으로 향하는 학생들 사이에 섞여서 나현우는 지하철역으로 걸어갔다. 던지기 할 물건은 지하철역 근처의 무인

스터디 카페에 있었다. 이모가 말한 405호실로 들어가자 회의용 테이블 아래에 테이프로 붙여 놓은 물건이 만져졌다. 힘을 주어서 테이프를 뜯어내고 물건을 가방에 넣은 후, 모자를 푹 눌러쓰고 밖으로 나왔다. 첫 번째 던지기를 할 곳은 신길역 근처였다.

지하철역으로 들어간 나현우는 교통 카드를 찍고 승강장으로 내려갔다. 계단을 중간쯤 내려갔을 때 열차가 도착한다는 안내방송이 나왔다. 헐레벌떡 뛰어서 열차를 탔다. 20개 정도를 배달해야 했기 때문에 서둘러야 했다. 겨우 지하철을 타고 한숨을 돌리는데 이모에게 메시지가 다시 왔다.

- 특급 배달이 생겼어. 용산역 2번 출구 무인 보관함. 6시까지 가서 회수해.
- 알겠어요.
- 앞에 거는 마무리할 수 있지?
- 물론이죠. 용산역 무인 보관함은 꽃집이랑 어묵 파는 데 사이에 있는 거 맞죠?
- ㅇㅇ

알겠다는 답을 남긴 나현우는 조심스럽게 물었다.

- 특급이면 얼마예요?
- 50 이상. ○○ 보관함 번호, 비밀번호는 나중에 알려 줄게.

속으로 나이스라고 외친 나현우는 던지기를 끝내고, 신길역 근처의 PC방 간판을 올려다봤다.

"특급만 없음 들르려고 했는데 다음에 올게."

컴퓨터 사양이 좋고 시설이 좋아서 게임비가 비싼 곳이었다. 예전에는 엄두도 못 냈는데 지금은 몇 시간이고 게임을 하면서 간식도 마음껏 먹을 수 있었다. PC방 앞에서 나현우는 발걸음을 돌렸다. 시간이 애매하니 물건 받을 장소로 먼저 가서 맛있는 것도 사 먹고 기다릴 예정이었다.

'돈 벌고 쓰기도 해야지. 용산 맛집이나 검색해 볼까.'

용산역에 도착한 나현우는 교통 카드를 찍고 밖으로 나왔다. 거대한 광장 같은 대합실에는 사람들이 엄청 많았다. 개중에는 밖에서 들어온 비둘기도 끼어 있었다. 무얼 먹을까 고민하던 나현우는 어묵 국물 냄새가 좋아서 대합실의 분식집에 갔다. 그러고는 어묵을 먹으며 무의식적으로 근처 무인 보관함 쪽을 바라보았다.

일은 간단했다. 텔레그램 메시지가 지시하는 대로 해당 장소에 가서 잘 포장된 물건을 받은 다음에 다시 메시지가 알려 준 장소로 가져가면 끝이었다.

건당 5만 원에서 10만 원 정도 받고 특급 배달은 약에 따라 다른 것 같았다. 술만 마시면 집 안 물건을 부수고, 난리를 피우며 집의 가장 운운하는 아빠가 벌어 오는 돈보다 많았다.

처음에는 겁이 났지만 한 번 성공하니 쉬웠다. 그렇게 큰돈이 생겼고, 마음껏 쓰고 알바비라며 엄마한테 줄 수도 있어서 좋았다. 아들을 기특해하는 엄마를 볼 때마다, 나현우는 깨끗한 돈이 아니라는 생각에 엄마의 다정한 눈을 피했다. 그러면서도 어떻게 하면 돈을 더 벌 수 있을까 고민했다.

돈은 인생에서 총알과 같다. 많으면 많을수록 좋았다. 돈이 필요한 불량아들은 무인 상점을 털거나, 퍽치기를 하거나, 애들에게 삥을 뜯는다. 나현우도 삥을 뜯은 적이 있었지만, 당장 내 앞의 누군가에게 해를 끼칠 일이 없는 이 일이 더 나았다. 가상 화폐로 돈이 들어오는 걸 보는 기분도 좋았다. 돈을 생각할수록 이모 말을 잘 들어야겠다는 결론이 났다.

이런저런 생각을 하면서 어묵 국물을 마시는데 무인 보관함으로 누군가 다가가는 게 보였다. 파란색 윈드 점퍼에 검정색 모자를 썼는데, 지나가는 사람들이 많아서 얼굴을 제대로 보기 어려웠다. 주변을 살짝 돌아본 그는 보관함에 쇼핑백을 넣고 문을 닫았다. 그리고는 그 자리에 서서 휴대폰을 꺼내더니 메시지를 보내는 것 같았다. 나현우는 본능적으로 휴대폰을 꺼내 그 모습을 찍었다.

잠시 후, 휴대폰이 부르르 떨렸다. 텔레그램으로 무인 보관함의 번호와 비밀번호가 찍혀 있었다. 나현우는 메시지를 확인하고 다시 무인 보관함을 바라봤다. 그사이에 파란색 윈드 점퍼를 입은 사람은 사라졌다.

'저 사람이 이모일까?'

이모라고 부르라 해서 여자인 줄 알았다. 마른 체형의 남자 같았지만 정확히는 모를 일이었다.

나현우는 남은 어묵을 천천히 먹었다. 어차피 운반할 장소를 확인하고 가는 게 편했기 때문이다. 어묵을 한 개 더 먹고 있을 때 메시지가 왔다.

'우면산으로 가라고?'

나현우는 휴대폰으로 우면산을 검색해 보고는 얼굴을 찡그렸다.

'예술의 전당 쪽이네.'

잘못하면 퇴근 시간 지옥철을 탈 수도 있겠다는 생각에 나현우는 얼른 어묵을 삼키고 밖으로 나왔다.

나현우는 무인 보관함에 가서 비밀번호를 누르고 문을 열었다. 안에는 원통형의 멀티비타민 통과 녹색 테이프가 들어 있었다. 물건을 얼른 가방에 넣은 나현우는 지하철을 타고 예술의 전당 쪽으로 가면서 길을 검색했다.

잠시 후, 정확한 던지기 장소가 텔레그램으로 왔다.

'아, 그래서 테이프를 넣었구나.'

던지기 할 장소를 본 나현우는 고개를 절레절레 흔들었다. 한겨울이었으면 큰일 났겠지만 여름이 코앞이라 그나마 다행이라고 생각했다. 신도림에서 2호선으로 갈아탄 다음 방배역에 내려서 마을버스를 탔다. 텔레그램 메시지에 적힌 장소가 우면산의 트레킹 코스라서 국립국악원에서 내려야만 했다.

정류장에 내린 나현우는 주머니에 손을 찔러 넣고 산으로 올라가는 계단으로 향했다.

'이상하네.'

던지기는 대부분 지하철역의 무인 보관함처럼 사람이 많은 곳에서 진행되었다. 왜 그런지 궁금해서 물어봤더니 사람이 많은 곳이 숨기에 더 쉽기 때문이라고 했다.

'사람이 많으면 눈이 더 많으니 걸리기 쉽지 않나?'

나현우는 이해가 잘 되지 않았지만 이모는 질문을 싫어했고, 자신은 운반하고 돈만 받으면 되니까 크게 신경 쓰지 않았다.

'오늘은 왜 이런 곳이지?'

혹시나 하는 마음에 걸음을 멈추고 신발 끈을 묶는 척했다. 그리고 걸어왔던 트레킹 코스를 곁눈질했다. 아니나 다를까 검정색 후드를 입고 배가 툭 튀어나온 사람이 갑자기 허둥거리며 딴청을 피우는 게 보였다. 뿔테 안경을 쓴 얼굴에 살이 피둥피둥 올라서 턱이 축 늘어진 남자였다.

'미행인가?'

나현우는 가슴이 두근거렸다. 촉법 나이도 지나서 잡히면 문제가 커질 게 분명했다. 물건을 버리고 도망갈까 했지만 배달 사고가 나면 가만두지 않겠다는 이모의 엄포가 떠올랐다. 이미 얼굴 사진과 집 주소, 학교까지 모두 알려 준 상태였다. 나현우는 수상쩍은 아저씨를 따돌리기로 했다.

트레킹 코스라 다른 길로 가는 건 불가능했다. 잠깐 고민하던 나현우는 갑자기 방향을 돌려서 수상한 아저씨 쪽으로 다시 내려 갔다. 정말로 미행하고 있었던 것인지 수상한 똥배 아저씨는 딴 곳을 보는 척하다가 발이 꼬여서 넘어지고 말았다. 나현우는 그 틈을 타서 아래로 후다닥 뛰어 내려갔다. 뒤도 돌아보지 않고 버스 정류장까지 계단을 성큼성큼 내려온 뒤 국립국악원 방향으로 뛰어갔다. 그리고는 주차장 안쪽으로 들어가서 입구 근처에 세워 진 버스 뒤에 숨었다.

잠시 후, 똥배 아저씨가 헐레벌떡 뛰어오는 게 슬쩍 보였다. 아 저씨는 붉은 벽돌로 된 주차장 기둥 앞에서 주변을 두리번거리다 가 예술의 전당 쪽으로 달려갔다. 숨어서 지켜보던 나현우는 비 웃으면서 밖으로 나왔다.

"짭새라면 형편없네."

휴대폰으로 시간을 확인한 나현우는 다시 국립국악원 쪽으로 방향을 잡고 방금 내려왔던 계단을 올라갔다. 중간에 서서 뒤돌 아봤는데 누가 쫓아오는 것 같지는 않았다. 한숨 돌린 나현우는 숨을 고르고 속도를 늦춰 걸어갔다.

'국악원 뒤쪽에 있는 다리 아래라고 했지.'

정확하게는 다리 아래쪽에 테이프로 붙여 놓으라는 것이었다. 가방에 넣어 둔 비타민 통과 테이프를 만지작거리며 빠르게 걸었 다. 물건을 놓을 곳은 산과 이어지는 배수로 위의 작은 아치형 다 리였다.

물이 흐르지 않는 배수로는 던지기 하기 좋은 장소였다. 거미

줄과 흙이 묻은 시멘트 벽면을 손으로 대충 털어 내고 테이프를 꺼내 비타민 통을 붙였다. 혹시나 떨어질까 봐 테이프를 여러 번 떼어서 붙였다. 살짝 흔들어서 잘 붙었는지 확인한 나현우는 마지막으로 휴대폰 사진을 찍었다. 일을 끝내고 산길로 올라왔다. 홀가분한 마음에 저절로 콧노래가 나왔다.

'이건 백만 원은 받아야 해.'

백만 원은 16년 인생에서 상상도 못할 금액이었는데, 이제는 손에 넣을 수 있었다. 이모는 이 일이 뭔지 한 번도 얘기하지 않았지만 짐작은 갔다.

SNS에서 마약을 찾는 사람들이 돈을 보내면 이모가 장소를 알려 주는 것이다. 보통 얼음이나 크리스털, 작대기라고 부른다는 것도 어렴풋하게 알고 있었다. 중간에 물건을 옮기는 걸 던지기라고 불렀고, 그게 바로 나현우가 지금 하는 일이었다.

'나쁘다는 거 알 텐데 왜 이렇게 찾는 걸까?'

비싼데도 찾는 사람들이 많은 걸 보면서 나현우는 약에 대한 호기심이 생겼다. 이모가 해 보라고 권하기도 했지만 던지기와는 차원이 다를 것 같은 두려움이 더 컸다.

나현우는 돈을 벌고 싶을 따름이었다. 경찰 눈만 잘 피하면 힘들거나 위험하지도 않았다. 다른 알바처럼 가게 주인이나 매니저의 갑질에 휘둘리거나 스트레스 받을 필요도 없었다. 나현우는 천천히 트레킹 코스를 내려와 맛있는 걸 사먹고, PC방에서 실컷 게임을 하다가 집에 들어갈 생각이었다.

콧노래를 부르며 내려오던 나현우는 운 나쁘게도 아까 만났던 똥배 아저씨와 또 마주쳤다. 숨이 차는지 헐떡거리던 상대방은 태연하게 걸어 내려오는 나현우 앞을 막아서듯 멈췄다.

'참 거슬리는 아저씨네. 진짜 경찰인가?'

속으로 투덜거린 나현우는 살짝 고민했다. 아무렇지 않게 스쳐 지나가서 정거장으로 내려갈까 생각했지만 붙잡힐 수도 있다. 자신을 바라보는 똥배 아저씨의 눈빛 때문에 불안감이 들었다.

'시간을 끌어야겠어.'

나현우는 똥배 아저씨를 따돌리기 위해서 산책하는 척 발걸음을 돌렸다. 산자락을 낀 트레킹 코스를 걸으면서 흘깃 뒤돌아보니 다행히 똥배 아저씨가 쫓아오는 기미는 보이지 않았다. 한숨 돌린 나현우는 길 중간에 서서 왔던 길을 바라봤다.

'후유, 살았네.'

나무 사이로 예술의 전당이 보였다. 그쪽으로 갔다가 큰길로 내려가기로 하고 다시 걸음을 옮겼다. 오후 5시 즈음, 애매한 시간대라 그런지 오가는 사람들이 별로 없었다. 정신없이 걷는데 이모에게 메시지가 왔다.

- 잘했어?
- 네.
- 별문제 없었고?

뜬금없는 물음에 나현우는 잠깐 고민했다. 거짓말을 할까 했지만 마치 알고 묻는 것 같은 느낌에 솔직하게 메시지를 남겼다.

- 누군가 미행하는 느낌이었어요.
- 누구? 경찰?
- 모르겠어요. 그냥 똥배 아저씨였어요.
- 잡혔어?
- 아뇨. 따돌리고 던지기 했어요.
- 진짜?
- 네, 던지기 사진 보냈잖아요.
- 일단 지금 바로 네 휴대폰 없애 버려.
- 그럼 앞으로 어떻게 연락해요?

놀라서 묻자 이모의 냉정한 메시지가 도착했다.

- 어디 있는지 아니까 연락할게. 촉법 끝나서 잡히면 너도 곤란하잖아.
- 그렇죠.
- 얼른 돌아가. 돈은 가상 화폐로 넣을게.
- 네. 꼭 연락 주세요.

괜히 얘기했다는 후회와 함께 마지막 메시지를 남겼다. 휴대폰을 없애기 위해 주변을 두리번거렸다.

'숲에다 버릴까?'

그러나 누군가 주울 수도 있으니 부숴 버리기로 했다. 적당한 돌을 찾으려고 하다가 이왕 버리는 거 시원하게 던져 박살 내고 싶었다. 던지기 딱 좋은 바위를 발견한 순간, 누군가 뒷덜미를 낚아챘다.

"누, 누구야!"

놀란 나현우가 돌아보며 소리쳤다. 똥배 아저씨인 줄 알았는데 다른 남자였다. 카키색 윈드 점퍼에 가방을 멘 남자는 신분증을 내밀며 말했다.

"강남서 마약과 김 형사야. 너 여기서 뭐 하고 있어?"

"하, 하긴 뭘 해요?"

"다리 근처에서 서성거렸잖아."

"네? 아, 아니에요."

김 형사가 나현우를 가소롭다는 듯 내려다보며 말했다.

"여기서 던지기 하는 것 같다는 제보가 들어왔는데……."

'아까 그 똥배 아저씨가 제보자인가?'

나현우는 가슴이 철렁 내려앉았지만 일단 버텨 보기로 했다.

"증거 있어요?"

"증거?"

김 형사가 재미있다는 표정으로 나현우를 바라보다 뒷덜미를 잡은 손을 풀었다. 그리고 신분증을 안주머니에 넣은 다음에 한쪽 무릎을 꿇고 나현우와 눈높이를 맞췄다.

보통 사람의 눈빛과 다르게 무척 날카로웠다. 오른쪽 뺨에는 움푹 패인 상처가 보였다. 나현우의 시선을 읽은 김 형사가 자신의 뺨을 문질렀다.

"첫 출동 때 여관에서 마약하던 놈한테 당한 거야. 옷걸이 모서리로 얼굴을 푹 찌르는데 못보다 세더군. 얼굴에 구멍이 뚫려서 이빨이 보였으니까."

무시무시한 얘기를 아무렇지도 않게 말하고 김 형사가 키득거리며 웃었다. 더 이상 배짱을 부릴 수 없게 된 나현우는 공손하게 두 손을 모았다. 그런 나현우에게 김 형사가 낮은 목소리로 말했다.

"사람들이 보통 경찰한테 추궁당하면 뭐라고 하는지 알아?"

"모, 몰라요."

"억울하다고 하소연해. 자기는 아무 죄가 없다고. 그런데 너는 방금 뭐라고 했지?"

"즈, 승거 가저오리고요."

"맞아. 뭔가 죄가 있으면 방금 너처럼 얘기해. 증거 가져오라거나 증거 있냐고. 왜 그럴까?"

겁에 질린 나현우는 고개를 저었다. 그러자 김 형사가 피식 웃었다.

"상대방이 어디까지 알고 있는지 알아야 빠져나갈 방법을 강구하지. 그러니까 꼬마야."

손을 뻗어서 나현우 어깨에 손을 올린 김 형사가 덧붙였다.

"나를 속일 생각은 마. 요즘은 마약 법이 엄격해져서 꼬맹이라고 봐주는 거 없어. 바로 구치소야. 거기 가면 소년 수방으로 가. 소년 수방은 진짜 빡세다. 하루 종일 양반다리하고 똑바로 앉아 있어야 해. 그러다 포승에 꽁꽁 묶여서 검찰청으로 가서 조사받고 실형 떨어지면 김천 소년 교도소로 가지."

잠깐 뜸을 들인 김 형사가 덧붙였다.

"거긴 지옥이야. 애들이 생각이 없거든. 나이가 들고 별을 몇 개쯤 달면 생각이라는 걸 해. 더 이상 사고 치면 안 된다는 생각. 그런데 꼬맹이들은 그런 게 없어. 그 안에서도 일진 놀이를 하지. 너는 일진 놀잇감이 될 테고. 버틸 수 있겠니?"

나현우는 무지막지한 협박을 받자 저절로 마른침이 넘어갔다. 김 형사가 암울한 앞날을 떠올리며 어쩔 줄 몰라 하는 나현우에게 말했다.

"나는 윗선만 필요해. 그동안 어디에 물건을 던지기 했는지 말하고 쓰고 있는 휴대폰만 줘. 그럼 너는 놔줄 수도 있어."

"지, 진짜요?"

"나는 물건하고 정보가 필요하지, 꼬맹이는 필요 없어."

"아, 알았어요."

다리 쪽으로 마지못해 움직이는데 김 형사가 갑자기 걸음을 멈췄다. 아래쪽에서 올라오는 발소리 때문인 것 같았다. 뒤쪽을 힐끔 본 김 형사가 나현우에게 물었다.

"저 사람 누구야?"

나무 사이로 살펴보니 아까 어설프게 쫓아왔던 똥배 아저씨였다. 나현우는 고개를 저었다.

"몰라요. 아까 미행하는 것 같아서 따돌렸었어요."

"그래? 빨리 걷자."

시키는 대로 걸으며 나현우가 김 형사에게 물었다.

"저 사람 나쁜 사람 맞죠?"

"마약쟁이들의 특징이 뭔지 알아?"

나현우가 고개를 젓자 김 형사가 말했다.

"서로 안 믿는다는 거야. 그래서 너 같은 애한테 알바를 시키는 거고, 서로 거래할 때 녹취하고 몰래 영상 찍고 난리도 아니야."

"왜요?"

"경찰한테 걸리면 감형 받으려고. 자기보다 거물이나 다른 약쟁이를 팔아넘기면 형량을 적게 받거든."

"아!"

"연예인들이 마약 했다는 보도가 갑자기 나오잖아. 걔들노 나약을 대 주던 약쟁이들이 불어 버린 거야."

"그런 거였어요?"

"맞아. 그러니까 너도 안 믿고 있었던 거지. 약쟁이들은 가족도 안 믿어. 경찰에 신고할지 모른다고 의심하면서 말이야."

'그럼 저 똥배 아저씨가 이모?'

순간 나현우는 의심이 들었다. 잘은 모르지만 지금은 김 형사에게 의지하는 게 최선이다. 나현우는 반성하는 투로 말했다.

"죄송해요. 전 정말 몰랐어요."

"이쪽은 발도 들이지 않는 게 좋아."

"네."

김 형사는 용서한다는 듯 다정하면서도 강하게 말했다. 얘기를 주고받으며 걷는 와중에도 김 형사는 계속 뒤를 돌아봤다. 똥배 아저씨는 이제 대놓고 쫓아오는 중이었다. 하지만 김 형사 때문에 겁이 나는지 거리를 둔 상태였다. 나현우는 호기심과 두려움 섞인 시선으로 똥배 아저씨를 보았다. 저 아저씨의 정체가 무엇일지 궁금해서 물었다.

"저 사람도 약쟁이일까요?"

"너를 감시하라고 누가 보냈을 수도 있어."

누가요?라고 물으려다가 입을 다물었다.

'이모가 보낸 사람일까?'

이모라고 하기엔 텔레그램에서 받은 느낌과 달라서 나현우는 똥배 아저씨는 이모가 보낸 사람일 거라고 생각했다.

"그러고 보니 이상했어요."

"뭐가?"

"보통은 사람이 많은 곳에서 물건을 주고받았거든요. 그런데 오늘은 산속이었어요."

"우리가 제보를 받은 것도 이상하지 않아? 우리 라인이 아니라 갑자기 익명으로 들어왔어. 너를 팔아넘긴 거 같은데?"

"네? 저는 정말 아무것도 몰라요. 이모를 만난 적도 없고요."

"연락은 하잖아?"

"그쪽이 연락할 때만 얘기했어요."

나현우의 변명을 들은 김 형사가 피식 웃었다.

"걔들이 왜 너한테 비싼 돈을 주고 시킨 줄 아니?"

"그거야, 제가 어려서 별로 의심을 안 받으니까……."

"약쟁이들이 던지기를 시키는 건 나중에 판매책으로 쓰려고 그러는 거야."

"판매책이요?"

"그래, 주변에 약 할 사람 소개하라고 슬슬 꼬시는 거지."

이모가 학교 애들을 운운한 내용을 떠올린 나현우는 깜짝 놀라서 고개를 끄덕거렸다. 김 형사가 그럴 줄 알았다는 듯 혀를 찼다.

"요즘은 어른 아이 할 거 없이 약을 해. 약 파는 놈들만 신났지. 너한테도 던지기 몇 번 시켜서 돈맛을 알게 한 다음에 약을 팔도록 할 거야."

"누가 저한테 약을 사겠어요."

"요즘 학생들 약 많이 하잖아. 다이어트나 집중력에 좋다고 하면서 말이야. 그게 아니면 호기심에 하는 애들도 많겠지."

"우리 학교는 없는 거 같지만 다른 학교에는 종종 있는 거 같아요."

김 형사의 말을 듣고 보니 나현우는 애들 사이에도 마약이 퍼진 것 같다는 생각이 들긴 했다. 나현우는 사고 치고 강제 전학 당한 친구에게 들었던 얘기가 떠올랐다. 일진 놀이를 하는 애들 중심으로 퍼져 있다고 말이다.

"일진 애들은 약을 하는 것 같기도 해요……."

나현우의 얘기를 들은 김 형사가 혀를 찼다.

"각성제는 한 번만 맞아도 못 끊어. 오죽하면 가족한테, 자기가 다시 약을 하면 경찰에 꼭 신고해 달라고 하겠니. 가족의 신고로 잡혀 온 사람도 끝내 못 끊더라."

"저는 진짜 몰랐어요."

"시키는 대로 하다간 너도 약에 중독될 수 있어. 너부터 맞아 보라고 할걸."

"저한테 왜요?"

"그래야 목숨 걸고 약을 팔 테니까. 너를 중독시키면 충성스러 운 부하를 얻게 되는 거지."

자신이 무시무시한 덫에 걸렸다는 걸 깨달은 나현우는 다리가 떨려 왔다. 그런 나현우에게 김 형사가 덧붙였다.

"세상에서 약쟁이가 제일 불쌍하고 비참해. 약값을 대려면 돈 이 엄청나게 깨지거든. 그런데 약을 하면 일을 할 수가 없어. 한 번 맞으면 몇 시간씩 헤롱헤롱인데 무슨 일을 하겠어. 그래서 자 기가 던지기로 마약을 받았던 장소를 다시 뒤지기도 해."

"왜요?"

"다른 사람이 던지기로 받을 마약을 가로채려고. 그걸 이상하 게 여긴 동네 주민의 신고로 잡히기도 하지."

"모, 몰랐어요. 형사님."

"네가 벗어나려면 적극 협조해야 해."

"네."

기어들어 가는 목소리로 대답했다.

나현우는 똥배 아저씨가 계속 따라오는 게 신경이 쓰였다. 김
형사도 마찬가지였는지 걸음을 멈췄다.

"넌 저기 정자 뒤에 숨어 있어. 끝까지 따라올 모양이다."

"네."

시키는 대로 정자 뒤에 숨은 나현우는 똥배 아저씨가 다가오는
걸 지켜봤다. 나현우 없이 김 형사만 있는 걸 본 똥배 아저씨는
살짝 당황했는지 걸음을 멈췄다. 김 형사가 손짓으로 똥배 아저
씨를 불렀다. 상대방이 다가오자 김 형사가 경찰 신분증을 보이
며 말했다.

"신분증을 보여 주실 수 있겠습니까?"

똥배 아저씨는 바지 주머니에서 지갑을 꺼냈다.

"무슨 일이십니까?"

지갑에서 신분증을 꺼낸 똥배 아저씨의 물음에 김 형사가 대답
했다.

"수사 중입니다. 성함이 민준혁 씨군요. 사는 곳이 구로구 개봉
동이고요."

"네, 신도림 지나서 인천 가는 방향입니다. 거기 토박이예요."

"여긴 무슨 일로 오셨나요?"

김 형사의 물음에 민준혁이 주변을 돌아보면서 대꾸했다.

"우, 운동하러 왔죠."

"개봉동에서 여기까지요?"

"일이 있어 왔다가 시간이 남아서요. 그게 왜 궁금하신 거죠?"

민준혁의 질문에 김 형사가 신분증을 건네며 대답했다.

"마약 관련 수사를 하는 중이라서요."

"마약이요?"

신분증을 챙긴 민준혁이 대답했다. 어처구니가 없었다. 김 형사도 같은 생각인지 눈살을 찌푸리며 물었다.

"이 근처에서 던지기를 하고 있다는 제보가 들어와서요. 선생님이 여기를 계속 배회 중이시고요."

"저는 운동 중이었습니다."

민준혁이 잡아떼자 김 형사가 쏘아붙였다.

"그렇지만 수사 중인 장소만 골라서 나타나신 거 같은데요."

"우, 우연의 일치겠죠. 저는 준법 정신이 강한 시민입니다."

민준혁의 어설픈 변명에 김 형사가 코웃음을 쳤다.

"그럴 거라 믿습니다. 수사 중이니까 운동 마치셨으면 이제 내려가 주십시오. 준법 정신이 투철한 시민이니까 당연히 경찰의 요청을 들어주시겠죠?"

김 형사가 시민이라는 단어를 힘주어 강조하자 똥배 아저씨가 어색하게 고개를 끄덕거렸다.

"아, 알겠습니다. 수고하십시오."

수상쩍은 똥배 아저씨는 왔던 길로 돌아갔다. 김 형사는 서서 그 모습을 지켜봤다. 나현우는 김 형사에게 고마운 마음이 들었다. 미련을 못 버렸는지 민준혁이 뒤쪽을 힐끔거리며 돌아봤다. 그러다가 김 형사와 눈이 마주치자 어색하게 머리를 긁적거리며 사라졌다.

그제야 나현우는 안도의 숨을 내쉬었다. 김 형사는 어깨에 메고 있던 가방을 벤치에 내려놓고 운동화 끈을 묶었다. 무심코 바라보던 나현우는 김 형사가 입고 있는 윈드 점퍼 안쪽을 보았다.

'파란색이잖아.'

양면으로 입는 윈드 점퍼를 보는 순간 두려움이 싸늘하게 밀려왔다. 검정색 모자와 파란색 윈드 점퍼는 용산역의 무인 보관함에 마약을 넣은 사람의 차림새였다. 나현우는 얼른 휴대폰을 꺼내서 아까 찍은 사진을 확대해서 보았다. 영락없이 용산역에서 봤던 그 사람이다. 나현우는 눈앞이 캄캄했다.

'언제든 연락해.'

뜬금없이 안상태의 말이 머릿속에 울렸고, 나현우는 급하게 메시지를 보냈다.

- 우리 네일

김 형사가 의심할까 봐 암호 같은 말을 쓰는데, 떨려서 오타가 났다. 김 형사가 오라는 손짓을 했다. 천천히 걸어가는 나현우는 머리가 복잡했다. 나현우의 표정을 살피며 김 형사가 말했다.

"걱정 마. 멀리 쫓아냈으니까."

"네."

"저쪽 다리 맞지?"

대답 대신 고개를 끄덕거린 나현우는 자연스럽게 앞장을 섰다. 마약을 숨겨 둔 다리가 나오자 김 형사가 나현우의 어깨를 툭 쳤다.

"가서 물건 가져와. 그리고 휴대폰 줘 봐."

"제 휴대폰이요?"

"그래, 던지기 한 장소와 시간을 알아야 해."

"친구들 연락처가 있는데……."

"압수 수색 영장 들고 학교로 가? 친구랑 선생님들 앞에서 내놓을래?"

김 형사의 으름장에 나현우는 얼른 휴대폰을 건넸다. 휴대폰을 받은 김 형사가 물었다.

"패턴이네."

"Z예요."

고개를 끄덕거린 김 형사가 턱짓을 했다.

"가져와."

나현우는 다리 밑으로 내려가서 테이프로 단단히 붙어 있는 비타민 통을 뜯어냈다. 나현우는 다리 밖으로 나와서 김 형사를 올려다봤다. 그러는 동안 김 형사는 나현우의 휴대폰을 들여다보고 있었다. 사진을 보는지 손가락으로 화면을 넘기던 김 형사가 나현우와 눈이 딱 마주쳤다.

'사진 봤구나.'

나현우는 속으로 중얼거렸다. 김 형사가 휴대폰을 주머니에 넣으며 나현우에게 손을 내밀었다.

"거기에 마약 들어 있어?"

비타민 통을 건네려던 나현우는 한 발 물러난 채 김 형사에게 물었다.

"혹시 이거 함정 수사예요?"

"함정 수사?"

김 형사에게 되물었다.

"네, 아까 용산역 무인 보관함에 마약을 넣으셨잖아요."

나현우의 얘기를 들은 김 형사가 어이없다는 표정을 지었다.

"날 본 적도 없으면서."

"제 휴대폰에서 사진 보셨잖아요."

김 형사는 나현우의 말에 고개를 절레절레 흔들었다.

"그러게 왜 사진을 찍고 지랄이야. 시키는 일만 하지."

"뭐라고요?"

가방의 지퍼를 열어서 검정색 모자를 쓴 김 형사는 윈드 점퍼 지퍼를 제일 위까지 채웠다.

"멍청한 줄 알았더니 눈치는 졸라 빠르네. 어차피 처리하려고 했는데 잘됐다."

나현우는 퍼뜩 김 형사가 경찰이 아닐 수도 있다는 생각이 들었다. 나현우의 생각을 읽었는지 김 형사가 피식 웃었다.

"반가워. 나 이모야."

나현우는 배수로를 따라 아래로 도망치려고 했다. 하지만 이모가 배수로로 훌쩍 뛰어내렸고, 바지 주머니에서 칼을 꺼냈다. 벌벌 떠는 나현우에게 이모가 말했다.

"걱정 마. 죽일 건 아니니까."

"그, 그럼요."

"약을 좀 주려고. 아까 얘기했지. 한번 맞으면 못 벗어난다고."

나현우는 필사적으로 이모를 밀치고, 휴대폰을 낚아챘다. 그리고는 배수로 위로 올라 산길로 도망쳤다. 이모의 목소리가 따라붙었다.

"신고할 생각은 마. 넌 이미 공범이니까."

나현우는 휴대폰을 손에 쥔 채 신고도 못 하고 무조건 아래쪽으로 향했다.

'어쩌지?'

이모한테 붙잡히면 죽을 것 같았다. 어두워지고 있어서 도움받을 사람도 보이지 않았다. 정신없이 뛰어가던 나현우는 두 갈래 길이 보이자 숨을 헐떡거리면서 주변을 돌아봤다. 하지만 어두컴컴하고 인적 없는 산길에서 어디로 가야 할지 알 수가 없었다.

발을 동동 구르던 나현우는 휴대폰이 울리자 깜짝 놀랐다. 안상태였다. 반가운 마음에 나무 뒤로 숨어서 전화를 받았다.

"이제 막 끝났어. 알바 대박이더라. 이거 마약 음료였어."

"마, 마약이라고?"

"정확하게는 마약 성분이 든 음료수였어."

"맙소사."

"좀 이상하긴 했어. 시음 행사치고 너무 강압적이었거든. 날 제대로 호랑이 굴에 넣어 줬다. 고마워."

"뭐?"

"나 탐정이라니까. 의뢰받은 사건이 있는데 오늘 결정적인 증거를 잡았어. 근데 넌 어디야?"

"여기? 우면산이야."

"우면산? 거기 던지기 하러 간 거야?"

나현우는 깜짝 놀랐다.

"어떻게 알았어?"

"나 탐정이라고! 그리고 사람이 갑자기 변하면 관찰하게 되지. 지금 걸린 거야?"

"응? 응. 이모, 아니 던지기 시킨 사람이 나타났어."

"그래서?"

"내가 사진을 찍어 놓은 게 있어. 지금 쫓기는 중이야."

나현우는 하소연을 하는 와중에도 계속 산길을 살폈다. 다행히 이모의 모습은 보이지 않았다. 심장이 터질 것처럼 두근두근한 나현우에게 안상태가 말했다.

"지금 어디야? 일단 사람 많은 곳으로 가. 경찰에 연락하고. 아니 경찰한테는 내가 연락할게."

"고, 고마워."

전화가 끊겼고 나현우는 안상태가 말한 곳을 떠올렸다.

'사람 많은 곳? 예술의 전당.'

나현우는 발걸음을 옮겼다. 예술의 전당 쪽으로 이어진 트레킹 코스를 따라 걷는데 다시 안상태에게 전화가 왔다. 무서움을 쫓아 주는 전화였다.

"경찰에 신고했어?"

나현우는 경찰도 무서웠지만, 이 위험에서 벗어나 죗값을 받는 게 더 나을 거라는 생각이 들었다.

"응. 너 던지기가 뭔지는 알지?"

"알고 있었어."

"그럼 처벌받긴 할 거야. 그래도 더 커지지 않은 게 다행이지."

"그러게. 나한테 자꾸 마약 할 학생을 알아봐 달라고 했었어."

"그런 식으로 중독자를 늘리려고 하는 거지. 특히 요즘은 학생들을 많이 노려. 애들은 쉬우니까."

"몰랐어. 진짜 몰랐어."

"그래. 당장은 니 안전이 먼저지. 지금은 어디쯤이야?"

나현우는 돈에 눈이 멀어서 이 지경이 되었다는 생각에 눈물이 쏟아졌다. 눈물을 손등으로 닦으면서 어디쯤인가 살펴보는데 이모가 보였다.

"헉! 이, 이모다!"

"누구? 마약상?"

"……."

"현우야, 나현우! 일단 사람들이 있는 곳까지 달려. 누가 있으면 허튼짓 못할 거야."

나현우는 정신없이 뛰었다. 불행히도 등산객이나 산책 나온 사람이 한 명도 보이지 않았다. 산 아래쯤에서 애완견을 데리고 산책하는 아줌마를 만났지만 나현우 때문에 놀랐는지 얼른 피해 갔다. 나현우는 표지판을 확인하고 더 빨리 내달렸다. 달리는 와중에 안상태의 목소리가 들렸다. 무심코 스피커 기능을 누른 것 같았다.

"어디쯤이야?"

"여, 여기?"

숨을 헐떡거린 나현우는 주변을 돌아봤다. 하지만 위치를 얘기할 만한 게 보이지 않았다. 대신 예술의 전당 앞을 가로지르는 큰 도로가 내려다보였다.

"조, 좀만 내려가면 큰길이 나와."

"좋아. 버스 정류장처럼 사람이 많은 곳이나 편의점 같은 곳으로 들어가."

"그, 그럴게."

나현우는 아래쪽으로 이어지는 트레킹 코스로 내려갔다. 나무로 만든 계단이 보였고, 주변이 잘 보이지 않아서 속도가 늦어졌다. 그래도 사람들이 많은 곳과 가까워졌다는 생각에 안도감이 들었다. 그런데 절반쯤 내려갔을 때 억센 힘에 뒷덜미를 틀어 잡혔다.

"으악!"

놀란 나현우가 돌아보자 검정색 모자를 쓴 이모가 의기양양한 표정으로 내려다보고 있었다.

"사, 살려 주세요."

"죽이지는 않는다고 했잖아. 어디 가서 약 좀 빨면 돼."

"싫어요!"

나현우가 발버둥을 치자 이모가 차갑게 쏘아붙였다.

"네가 운반한 걸 얼마나 많은 약쟁이들이 맞은 줄 알아? 그런데 너는 하기 싫다고?"

"그, 그건……."

"겁먹지 말고 한번 해 봐."

이모의 협박과 회유가 이어지는 가운데 나현우가 손에 들고 있던 휴대폰에서 안상태의 목소리가 들렸다.

"야! 현우야! 괜찮아?"

순간 이모가 얼굴을 찡그렸다.

"뭐야? 너 신고한 거야?"

"친구예요, 친구."

나현우의 얘기를 들은 안상태가 크게 말했다.

"내 친구를 풀어 줘요!"

"전화로 친구를 구하게?"

이모가 안상태를 비웃었다.

"아저씨네 조직 경찰에 잡혔어요."

"뭐라고?"

안상태의 얘기를 들은 이모의 표정이 굳어졌다.

"동업자 붙잡혔다고요. 시음 행사로 위장해서 아이들에게 마약 음료를 먹이려고 했던 동업자요."

"씨발! 너 뭐야?"

"조수예요, 조수."

"조수?"

"네, 민첩하고 정의감에 넘치는 탐정의 조수요. 민준혁 탐정 몰라요?"

"누구? 민준혁?"

이모에게 붙잡힌 채 나현우는 어둠을 뚫고 나타나는 민준혁을 봤다. 한참을 달려오느라 숨을 헐떡거렸고, 안경은 코끝에 걸려 있었다. 이모의 등 뒤에서 다가오는 민준혁은 나현우에게 조용히 하라는 손짓을 했다. 그사이에 안상태의 이야기가 이어졌다.

"경찰도 풀기 어려운 사건이 생기면 가장 먼저 찾아온다고요. 지금까지 준혁 아저씨가 해결하지 못한 사건들은 없었으니까요. 그리고 엄청 잘 뛰고 잘 싸워요."

"아까 본 거 같은데, 허접하던데?"

나현우도 같은 생각이라 하마터면 고개를 끄덕거릴 뻔했다.

"그건 방심하게 만들려고 그런 거죠. 약간 게으르긴 하지만 명탐정이면 대부분 그렇잖아요. 그러니까 준혁 아저씨 손에 작살나기 전에 현우 풀어 주고 자수해요."

안상태의 설득에 이모가 코웃음을 쳤다.

"자수 좋아하네. 이 새끼 먼저 손보고 다음은 너다."

"후회할 거예요."

"닥쳐!"

이모가 버럭 소리를 질렀다. 그 바람에 뒤에서 몰래 다가오던 민준혁이 살짝 머뭇거렸다. 그리고 다시 발걸음을 떼는데, 나뭇가지가 부러지는 메마른 소리가 났다. 이모가 무심코 고개를 돌렸다. 그걸 본 민준혁이 갑자기 달려들었다.

"어!"

놀란 이모가 나현우를 밀치고 맞서 싸울 준비를 했다. 하지만 바람처럼 달려온 민준혁이 두툼한 배로 밀어 버렸다.

"으악!"

뱃살에 튕겨 나간 이모는 균형을 잃고 뒤로 밀려나다가 아래쪽으로 넘어지고 말았다. 이모는 두 팔을 허우적거리며 산기슭 아래로 굴러떨어졌다. 나현우가 그 광경을 보는데, 어딘가에 떨어진 휴대폰에서 안상태의 목소리가 들렸다.

"그 아저씨, 공포의 뱃살이거든요. 아무도 못 버텨요."

며칠 후, 경찰서에서 조사를 마치고 나온 나현우는 지하철을 타고 개봉역으로 향했다. 개봉역 밖으로 나와 카페가 있는 낡은 건물을 지나자 편의점과 안경원이 있는 새로운 건물이 보였다.

안으로 들어간 나현우는 2층에 있는 햄버거 가게로 향했다.

안상태와 똥배 아저씨는 창가에 앉아 있었다. 알고 보니 똥배 아저씨는 유능한 탐정이었고, 안상태도 진짜 조수가 맞았다. 시무룩한 표정으로 안상태 옆에 앉은 나현우에게 민준혁이 물었다.

"조사는?"

"잘 받았어요. 형사님이 조서를 잘 써 주셨어요."

"그 정도라서 다행이야. 이모, 아니 김원모는?"

"검찰로 넘어갈 거라고 하더라고요. 이미 전과가 많아서 이번에는 꽤 오랫동안 감옥에 있어야 할 것 같다고 했어요."

똥배 아저씨가 휴대폰의 기사를 보이며 말했다.

"다른 패거리도 체포되었어."

학원가에서 학생들에게 시음 행사라면서 마약 성분이 든 음료수를 마시게 한 일당이 체포되었다는 뉴스 기사였다. 이들은 중국에서 들여온 마약 음료에 가짜 상표를 라벨로 붙여서 나눠 주었다.

"아이들을 속였네요."

나현우의 물음에 똥배 아저씨가 어깨를 으쓱했다.

"정확하게는 마약 음료를 마신 아이들의 부모를 협박해 돈을 뜯어내려고 한 거지. 나도 그중 한 부모에게 의뢰를 받고 사건을 조사하게 된 거였어."

"상태한테 들었어요. 구해 주셔서 고맙습니다."

"더 빠져들기 전에 손을 뗄 수 있어서 다행이야. 살아 보니까 세상에 공짜는 없더라.”

진동 벨이 부르르 떨리자 안상태가 일어나서는 쟁반을 들고 돌아왔다. 햄버거를 하나 집은 똥배 아저씨가 나현우에게 말했다.

“네 건 상태가 알아서 시켰어.”

“고맙습니다.”

햄버거를 한 입 베어 문 똥배 아저씨가 물었다.

“그런데 요즘 학생들은 왜 각성제에 빠져들까? 담배나 술도 아니고 말이야.”

“그거 꼰대 발언이에요.”

콜라를 한 모금 마신 안상태가 비아냥거렸다. 하지만 똥배 아저씨가 정말 궁금해하는 눈치여서, 나현우는 자기 생각을 말했다.

“일단은 호기심 아닐까요?”

“호기심?”

“네. 주변에 약을 하는 친구들이 있으니까 자연스럽게 눈길이 가는 거죠. 공부 잘하는 애들은 집중력을 높여 주는 약이라는 얘기에 먹기도 하고요.”

“마약이 집중력을 높인다고? 하긴 시음 행사도 집중력 음료였으니까.”

햄버거에만 집중하던 안상태가 말했다.

“응. 다이어트용으로 사용되기도 하고.”

“탐정님, 마약으로 살도 뺀대요.”

안상태가 장난스레 똥배 아저씨를 보았다. 자기 배를 내려다보고 똥배 아저씨가 으쓱거리며 말했다.

"성적, 다이어트. 귀 얇은 애들에게 잘 먹히는 말들로 현혹시키는구나."

"아무도 우리에게 마약을 비롯한 각성제가 얼마나 위험한 것인지 알려 주지 않았어요. 어른들은 학생들이 마약을 한다고 놀라면서 인성 운운하지만 애들이 일상에서 너무 쉽게 마약을 만나는데 어른들은 그걸 몰라요. 아니면 모른 척하던가요."

나현우의 말에 똥배 아저씨가 말했다.

"너희들은 왜 다 어른 탓만 하는 거야?"

"학교가 지옥인 건 사회가 개판이라서 그래요."

안상태의 대꾸에 똥배 아저씨가 한숨을 쉬었다.

"하긴, 사회가 마약에 푹 빠졌는데 학교만 청정 구역이 되라는 것도 웃기긴 하네."

애기를 마치고는 똥배 아저씨가 감자튀김을 몇 개 쓸어서 입에 넣었다. 콜라를 쭉 빨아늘인 안상태기 나현우에게 물었다.

"그런데 마약은 어디에서 사?"

"SNS를 조금만 뒤져 봐도 마약을 파는 계정을 쉽게 찾아볼 수 있고 심지어 후기도 올라와."

"진짜?"

나현우는 안상태에게 SNS로 들어가서 마약 관련 은어를 검색해 보여 줬다. 그리고 댓글에 달린 링크를 눌렀다. 휴대폰 화면을 본 똥배 아저씨가 물었다.

"여기에서 마약을 판다고?"

"네. 텔레그램 마약방이에요. 여긴 추적도 안 돼요. 여기서 마약을 사겠다고 하면 계좌를 알려 주고, 가상 화폐로 지불하면 좌표를 알려 주죠."

"좌표? 마약을 숨겨 놓은 곳?"

안상태의 물음에 나현우가 고개를 끄덕거리며 똥배 아저씨에게 말했다.

"지하철역 무인 보관함이나 화장실, 아니면 에어컨 실외기 뒤쪽에 숨겨요. 그리고 가상 화폐로 입금이 확인되면 숨겨 둔 장소를 알려 주는 거죠."

"완벽하게 서로를 모르는 상태에서 마약과 돈을 주고받는 거네. 사는 사람, 파는 사람, 운반하는 사람이 서로 볼 일은 없겠어."

안상태가 먼저 말하자 똥배 아저씨는 트림을 하면서 안경을 끌어올렸다.

"이러니 마약 수사가 어려워지는 거지. 예전에는 돈이랑 마약을 바꾸는 현장을 덮쳐서 약쟁이들을 잡은 다음에 윗선으로 타고 올라갈 수가 있었거든. 약쟁이들은 감형을 받으려고 아는 선을 다 불어 버리고 말이야. 아니면 자기가 마약 판매를 독점하려고 경쟁 조직을 밀고하기도 했어."

"저도 그전까지 이모를 본 적은 없었어요. 용산에서 우연히 보지 않았다면 영원히 몰랐을 거예요."

"어쨌든 넌 운이 좋았어. 깊게 가담하지 않았고 수사에도 적극 협조했으니까 말이야."

"사실, 이모가 학교에서 마약을 팔지 않겠냐고 했었어요."

"들었어. 네가 거절하니까 제거하려고 한 거지."

"제거요?"

나현우의 반문에 똥배 아저씨가 심드렁하게 대꾸했다.

"던지기 알바는 오래 시키지 않아. 아는 게 많아지면 귀찮아지니까. 그래서 던지기를 시키다가 판매책으로 돌려. 그러면 마약의 판로가 넓어지거든. 그런데 네가 거절하니까 마약을 먹인 다음에 겁주고 발을 빼게 만들려고 한 거지. 강남경찰서에는 마약과가 없어."

"그럼요?"

민준혁이 팔짱을 끼면서 말했다.

"형사2과에 마약 수사팀이 둘 있어."

"신분증까지 보여 줘서 전혀 의심하지 않았어요."

"나름 머리를 굴린 거지. 잡히면 가짜 경찰 신분증을 보여 주고 빠져나가려고 한 거야. 너 같은 애들 협박할 때도 쓰고."

"쌩 양아치들이네."

안상태가 나현우 몫까지 흥분해서 말했다.

"그래. 그런데 현우가 이모의 정체를 눈치챈 바람에 일이 커졌지. 큰일 날 뻔했어."

"그날 아저씨가 나타나지 않았다면…… 정말 고맙습니다."

나현우는 고개를 깊이 숙여 똥배 아저씨에게 인사했다.

"착하게 살라고는 못 하겠어. 요즘 세상이 워낙 개판이라서 말이야. 그래도 선은 넘지 말아야지."

"알겠습니다. 반성하면서 살게요."

숙연한 분위기에 똥배 아저씨가 팔짱을 풀면서 얘기했다.

"상태한테 들었는데 집안 상태가 안 좋다며."

옆에서 콜라를 소리 내 쪽쪽 빨아 먹고 있던 안상태가 갑자기 켁켁거렸다.

"어휴, 저 맥락 없고 재미없는 개그."

"아재 개그의 위대함을 모르는 조수랑 일하는 건 피곤해."

똥배 아저씨가 안경을 다시 끌어올리고는 나현우를 바라봤다.

"이번 사건은 추가 조사를 해야 할 것 같아."

"조사를 더 해야 한다고요?"

"자식이 마약 음료를 마신 걸 안 부모가 굉장히 많아. 그래서 추가 의뢰를 받았어. 마약 음료와 관련된 드러나지 않은 게 더 있는 것 같아."

"그래서 내가 너를 추천했어. 우리의 일원으로. 너도 돈은 필요하고 시간은 많잖아."

안상태가 나현우에게 말했다.

"일원? 내가 뭘 하지?"

"상태를 도와줘. 그러니까 조수의 조수지. 의뢰인한테 진행비는 받았으니까 수고비는 챙겨 줄게."

똥배 아저씨가 대답했다. 뜻밖의 제안에 나현우는 크게 기뻤다.

"정말이요? 고맙습니다."

똥배 아저씨와 헤어진 나현우와 안상태는 나란히 걸었다. 밤하늘을 올려다보던 나현우가 물었다.

"그런데 너는 똥배, 아니 민준혁 탐정님을 어떻게 알게 됐어?"

순간 안상태의 눈빛에 기쁨과 슬픔이 동시에 어리는 것 같았다.

"그게 말이야……."

나현우와 안상태의 그림자가 어둠에 묻혀 갔다.

대검찰청이 발간하는 마약류 범죄 백서를 보면 마약 범죄와 관련된 청소년들의 숫자가 2011년 41명에서 지속적으로 늘어나는 걸 알 수 있습니다. 2020년 313명, 2021년 450명, 2022년 481명, 급기야 2023년에는 1,477명으로 늘어났죠. 경찰의 집중 단속 때문인지 2024년에는 649명으로 크게 줄었지만 사이버 세상에서 방심할 수 있는 상황은 아닙니다.

던지기를 아십니까? 마약 은어 중에 하나로, 마약 판매 쪽이 구매자에게 돈을 받고 특정 장소에 마약을 숨겨 두면 구매자가 직접 가져가는 방식입니다. 예전에는 양쪽이 만나야 마약을 사고팔 수 있었고, 그 과정에서 체포되고는 했습니다. 전화로 연락을 하면서 돈을 주고받아야 하기 때문에 경찰에 발각되는 사례도 많았죠. 서울고등법원에서 마약 관련 재판을 참관한 적이 있었는데 경찰이 어떤 식으로 마약 사범을 미행하고 체포하는지 상세하게 볼 수 있었습니다.

하지만 최근에는 상황이 달라졌습니다. 익명성이 보장되는 SNS와 가상 화폐가 마약의 유통과 거래에 사용되기 때문이죠. 텔레그램과 가상 화폐는 추적이나 조사가 무척 힘듭니다. 추적이 힘든 온라인을 이용해 요새는 판매자와 구매자가 만나지 않고도 거래하는 게 가능해졌습니다. 기술 혁신이 오히려 마약 유통을 도운 셈이죠.

문제는 던지기를 하는 청소년들이 늘고 있다는 것입니다. 스마트폰 세상으로 인해서 청소년들의 마약 관련 범죄율은 치솟고 있습니다. 마약 관련 범죄는 엄격하게 처벌되기 때문에 한 번 체포되면 정상적인 학업을 이어가는 게 거의 불가능합니다. 따라서 다시 마약 관련 범죄에 빠져들게 되지요.

이 악순환은 아직 다 자라지 않은 청소년의 삶은 물론 가족과 주변의 삶도 파괴시켜 버리죠. 이런 현실을 말하면 많은 어른들이 믿지 않습니다. 믿고 싶어 하지 않습니다. 구체적인 수치와 금액을 얘기해도 외면하기 일쑤죠. 「던지는 아이」에 나오는 이야기들 중 상당수는 실제로 벌어지는 일입니다. 부디 경각심을 가지고 읽어 주시기를 부탁드립니다.

정명섭
1973년 서울에서 태어났다. 대기업 샐러리맨과 커피를 만드는 바리스타를 거쳐서, 현재 전업작가로 활동 중이다. 지금까지 약 250권의 장편과 단편을 발표했다.

헬게이트

| 이옥수 |

유치장이다.

눈앞이 아득하고 몸이 덜덜 떨린다. 하얀 형광등 빛이 프로메테우스의 간을 쪼아 대던 독수리의 부리라도 되는 양 내 눈을 파고든다. 눈을 꾹 감았다. 나는 이제 지위를 박탈당하고 쫓겨난 쓸모없는 얼음덩이, 메탄으로 가득 찬 춥고 어두운 명왕성이다.

"김소율 씨를 마약류관리법 위반으로 체포합니다. 묵비권을 행사할 수 있고, 불리한 진술을 거부할 수 있으며 변호인을 선임할 권리가 있습니다."

차가운 금속성이 섬뜩하게 손목을 파고든다. 철컥! 수갑이 채워지던 그 순간, 단단한 공기를 가르며 엄마의 비명이 터져 나왔다.

"마약이라니! 이게 무슨……. 소율아! 정신 차리고 엄마 좀 봐 봐."

내 어깨를 마구 흔들며 울부짖던 엄마. 그때 내가 엄마를 보고 있었던가? 아마 그랬을 거다. 절망으로 가득한 엄마의 눈동자 속에 내 얼굴이 비쳐 있었으니까.

엄마, 미안해. 내가 잘못했어.

눈물이 방울방울 떨어졌다. 민망해서 얼른 손등으로 훔쳤지만, 곧 차가운 바닥으로 뚝뚝 흘러내렸다. 나는 손가락으로 그 물방울을 뭉개 버렸다. 미쳤지, 어떻게 내가 마약을!

빨간 사탕 한 알.

싹싹 지워 버리고 싶은 12월, 1월, 2월.

헤어날 수 없었던 늪, 그것은 지옥이었다.

나는 손톱자국이 나도록 주먹을 쥔 채 속울음을 삼켰다.

＊

벽에 걸린 시계의 붉은 숫자가 아침을 알렸다.

"김소율 씨 면회요."

어제 저녁, 나를 유치장에 밀어 넣었던 경찰이다. 나는 얼른 주머니를 더듬었다. 어젯밤 그 경찰이 내게 건넨 손수건이 있었다. 눈물과 콧물이 말라붙었을 텐데, 어쩌지?

어제 나는 어쩔 줄 몰라 엉엉 울었고, 경찰은 슬그머니 손수건을 내밀었다. 나는 부끄러움도 잊고 손수건에 얼굴을 파묻었다.

"저어, 이거."

내가 계면쩍게 손수건을 내밀자, 경찰이 피식 웃었다. 흘러내린 머리칼 사이로 보이는 두 눈은 커다랗고 맑았다. 면회실까지 따라 걷는 동안 경찰이 쥔 분홍 손수건에 자꾸 눈길이 갔다.

어느 시인의 시처럼 나는 누구에게 진실로 뜨거운 사람이었던가? 나는 누군가의 눈물을 받아 줄 한 장의 손수건이 되어 본 적이 있는가? 경찰의 따뜻한 호의는 얼음장 같던 내 마음을 녹이는 듯했고, 마음속에 어떤 다짐을 새기게 했다.

면회실에서 만난 엄마의 얼굴은 낙엽처럼 시들고 부스스했다.

"소율아, 괜찮아? 잠은 좀 잤어? 밥은?"

밤을 꼴딱 새웠고, 아침 도시락은 같은 유치장에 있던 긴 머리 여자에게 빼앗겼다. 여자는 자기 도시락을 허겁지겁 먹고는 나를 위아래로 훑어보더니 옆에 놓인 내 도시락을 가져갔다.

"너 이거 안 먹지? 너 같은 애가 이런 걸 먹겠어?"

나는 어이가 없어 그냥 바라보기만 했다. 쩝쩝거리며 밥을 털어 넣던 여자는 그래도 양심이 있는지 반쯤 남은 도시락을 내 앞으로 내밀었다.

"이거라도 먹을래?"

나는 여자를 노려보며 도시락 뚜껑을 탁 닫아 버렸다. 어제저녁부터 굶었더니 몹시 허기가 졌다.

엄마가 외할머니 장례식장에서 밥을 먹으며 스스로 징그러웠다고 말한 적이 있다. 이제 그 말이 무슨 뜻인지 알 것 같았다. 엄마가 죽어도 밥은 먹어야 하고, 유치장에 갇혀서도 마찬가지다.

배가 고프다고 말할까? 아니다. 나만 보면 눈물 바람인 엄마에게 차마 말할 수 없었다. 나는 입을 꼭 다문 채 마른침만 삼켰다. 엄마가 두 손으로 내 얼굴을 감싸자, 나는 불퉁하게 고개를 저으며 그 손을 뜯어냈다.

"소율아, 얘기해 봐. 엄마가 자초지종을 알아야 변호사를 선임할 수 있어. 능력 있는 변호사를 알아보는 중이야."

"변호사까지."

"마약 사범은 거의 구속이라는데…… 어떡하든 형량을 줄일 방법을 찾아봐야지. 부모는 자식이 혼자서 괴롭고 힘들어한 걸 몰랐을 때가 가장 슬퍼. 그동안 너 혼자서……. 그러니까, 엄마를 위해서라도 말해 줘."

엄마는 내 팔을 붙잡고 애처롭고 조급하게 말했다.

"엄마, 경찰이 내 커비 가져갔어."

"얘가 진짜, 지금 그깟 인형을 찾을 때야."

엄마가 내 팔을 놓더니 깊은 한숨을 내쉬었다. 하지만 나에겐 커비가 절실했다. 커비라도 있어야 이 낯선 곳에서 버틸 수 있을 것 같았다. 어제 경찰서에 들어오자마자, 경찰은 내 주머니를 샅샅이 뒤져 애착 인형을 빼앗아 갔다. 아무리 죄를 지었다지만 인형까지 빼앗아 가다니. 너무한 거 아닌가.

"면회 시간 끝났습니다."

경찰의 말에 엄마가 무춤하게 일어섰다.

"너 끝날 때까지 여기 있을 거야. 할 말 있으면 엄마 불러 달라고 해."

"근데 엄마, 할아버지한테는 말하지 마. 부탁이야."

내 다급한 부탁에 엄마가 한숨을 쉬며 고개를 끄덕였다. 나는 몇 걸음 걷다가 고개를 돌려 엄마를 바라보았다. 벽을 짚고 돌아서 있는 엄마의 어깨가 심하게 떨렸다. 나는 고개를 숙이고 어금니를 꽉 깨물었다.

✳

휴대폰이 없다.

경찰이 가져간 걸 알면서도, 문득문득 화들짝 놀라 휴대폰을 찾는다. 휴대폰만 있으면 이 고통의 시간을 조금이라도 빨리 넘겨 버릴 수 있을 텐데.

유치장에 갇힌 지 백만 년은 된 것 같은데 고작 하룻밤이 지났을 뿐이다. 시계의 멍청한 숫자들을 모조리 뜯어내 버리고 싶다. 지금 나는 정말, 크로노스의 시간과 카이로스의 시간이 얼마나 다른지 온몸으로 느끼고 있다.

천장에 매달린 외눈박이 CCTV가 충혈된 눈으로 나를 내려다본다. 저 붉은 눈이 실시간으로 나를 찍고 있다고 생각하면 소름이 끼쳤다. 사람들이 조사받으러 드나드느라 유치장은 분주했지만, 점심때가 되도록 내 이름은 불리지 않았다.

나를 아는 사람이 아무도 없는 걸까? 아니면 내 이름이 서류에서 누락되기라도 한 걸까?

시간이 흐를수록 마음이 조급해졌다. 쪼그려 앉은 채 뒤엉킨 머릿속을 헤집으며, 손만 쥐었다 폈다를 반복했다.

정오 무렵, 머리를 빨갛게 염색한 여자가 인상을 찌푸린 채 유치장으로 들어왔다.

"뭐야, 어린애가 왜 여기 있어?"

여자가 나를 보며 놀란 눈으로 물었다. 벽에 머리를 기대고 앉아 있던 긴 머리가 입을 삐쭉거리며 끼어들었다.

"쟤, 뽕쟁이래요."

"쯧쯧, 어쩌다가 그런 걸……."

"어린 게, 인생 좋났지 뭐!"

긴 머리 여자의 조롱에 꾹 누르고 있던 속이 울컥 치밀었다. 나는 이를 악물며 눈물을 삼켰다. 그때 빨간 머리가 내 등을 가만가만 쓸어 주었다.

"이런 덴 애들이 올 곳이 아니야. 마음 굳게 먹고 다신 그런 것 손대지 마라."

빨간 머리의 다정한 말에 눈시울이 시큰했지만, 목울대가 뻣뻣하도록 힘을 주고 눈물을 참았다.

점심 도시락이 들어왔다. 나는 뚜껑을 열고 밥 한 숟가락을 떠 넣었다. 날마다 먹던 밥, 당연한 줄만 알았는데 아니었다. 바쁜 와중에도 늘 내 밥을 챙겨 주려 애쓰던 엄마가 떠올라, 끝내 도시락 위로 눈물을 떨어뜨리고 말았다. 나는 울면서 도시락을 싹싹 긁어 먹었다.

밥을 먹고 무릎에 얼굴을 묻은 채 앉아 있다가 깜빡 잠이 든 모양이다. 꿈속에서 칼 아저씨를 만났다. 나는 아저씨 손을 잡고 잔물결이 반짝이는 큰 강으로 걸어갔다. 그런데 이상하게도 어느 순간 올려다보니 아저씨가 아니라 홍찬우였다. 나는 안간힘을 다해 놈의 손을 뿌리쳤지만, 그는 강물 속으로 나를 끌고 들어갔다. 입안 가득 물이 차올랐다.

"하악, 악!"

비명을 지르며 눈을 번쩍 떴다. 후유, 얼마나 놀랐는지 손바닥에 땀이 흥건했다. 물귀신 같은 놈, 꿈속까지 따라오다니! 입안에는 쓴침이 고여 있었다.

꿈속이긴 하지만 칼 아저씨는 왜 내 손을 놓았을까? 한동안 약의 블랙홀에 빠져 칼 아저씨를 잊었고, 『코스모스』마저 팽개쳤던 게 그토록 괘씸했나?

어제 옷을 갈아입을 때 책상 위에 있던 『코스모스』가 눈에 들어왔지만 눈을 질끈 감으며 외면했다. 그 책을 읽으며 나는 우주 과학자의 꿈을 꾸었고 칼 세이건 아니, 칼 아저씨를 나의 멘토로 삼았다. 그런데…… 아무리 그래도 칼 아저씨, 나를 버리다니 너무한 것 아닌가요?

웃긴다. 한낱 개꿈을 가지고, 이제 이 세상에 존재하지도 않는 사람을 원망하다니.

"김소율!"

오후 3시, 드디어 내 이름이 불렸다. 유치장에서 나와 고성과 욕설이 난무하는 사무실로 갔다.

"김소율, 체포 과정에서 미란다 원칙은 고지받았나요? 지금 어디 아프거나 불편한 곳은 없습니까?"

"예."

"변호인이 필요하진 않나요?"

"엄마가 알아서……."

"휴대폰 비번은?"

내가 말없이 도리질하자 경찰이 서류를 내밀었다.

"여기 사인하세요. 압수 영장 보셨죠? 영장에 있는 대로 지금부터 소변 검사와 모발 검사를 할 거예요."

형사를 따라 화장실로 갔다. 경찰이 보는 앞에서 소변을 받았다. 몹시 수치스러웠지만 시키는 대로 했다. 다시 사무실로 돌아와서는 머리카락을 100개쯤 뽑았다. 동물의 털을 뽑듯 한 올, 한 올 머리카락을 뽑히는 게 모멸스러웠다. 경찰이 내 머리카락을 봉투에 넣고 소변 검사 진단 키트를 뜯었다. 스포일러로 카트리지에 소변을 떨어뜨리니 금세 선명한 빨간 줄이 두 개 나타났다.

"양성이네. 마약이 검출되었다는 뜻이에요."

경찰이 나를 바라보며 사무적인 투로 덤덤하게 말했다. 심장이 쿵 무너졌다.

이제 난, 죽었다!

✻

경찰을 따라 조사실로 향했다. 문이 열리고 안으로 들어서자, 검은 가죽 재킷의 남자가 앉아 있었다. 어제 나를 체포했던 사람이다.

어제 저녁이었다.

침대에 누워 휴대폰을 보고 있는데 초인종이 울렸다. 곧 현관에서 시끄러운 소리가 들리더니, 노크와 동시에 저 남자가 문을 열어젖혔다. 그는 성큼 방 안으로 들어와 영장을 내밀고는 내 팔목에 수갑을 채웠다.

"김소율 씨, 지금 마약 한 건 아니죠?"

뒤따라 들어온 청색 점퍼 차림의 여자가 물었을 때, 나는 너무 놀라 고개만 저었다. 그녀는 곧장 책상 위를 훑고, 쓰레기통을 뒤지더니 이불까지 걷어 올렸다. 아무것도 찾지 못한 그녀는 잠옷 차림의 나를 흘깃 보고는 명령조로 말했다.

"얼른 옷 갈아입어요."

잠시 수갑을 풀어 준 사이에 나는 잠옷을 벗고 후드 티와 청바지로 갈아입었다. 패딩을 걸칠 때, 베개 옆에 있던 애착 인형 커버를 얼른 주머니에 찔러 넣었다. 여자가 다시 수갑을 채우고 나를 밖으로 내보내고는 서랍장과 책상, 의자 밑을 샅샅이 뒤졌다.

침대보와 베개 속을 털어 내고, 쓰레기통을 바닥에 쏟았다. 검은 봉지에 싸인 생리대가 뭉텅이로 나뒹굴었지만, 나는 창피함도 못 느낀 채 멍하니 바라볼 뿐이었다.

수색을 끝낸 여자가 내 노트북과 태블릿, 휴대폰, 정신과에서 받아 온 수면제와 신경안정제 봉지까지 상자에 담아 나왔다. 그녀가 상자를 들고 나가자, 남자 경찰이 나를 끌고 현관을 빠져나갔다. 남자는 맨발로 쫓아 나온 엄마에게 명함 한 장을 건네더니 급히 엘리베이터 문을 닫았다. 그들은 나를 주차장에 세워 둔 경찰차에 짐짝처럼 밀어 넣었다.

이제 저 무지막지한 남자가 나를 조사하는 모양이다. 심장이 무섭게 뛰었다. 이렇게 쿵쾅거리다간 초신성처럼 펑, 폭발할 것 같았다. 칼 아저씨, 어떡하죠? 다급히 속으로 그를 불렀다. 맞다, 이 두려움을 코스모스로 잠재워야 한다. 빅뱅의 한 조각, 살아 있는 소우주. 우리는 코스모스에서 왔고, 코스모스는 질서와 조화다. 카오스는 꺼져 버려라! 그러니까 심장아, 제발 그만 뛰어. 열에 들뜬 채 주문처럼 중얼거렸다. 그러자 남자가 나를 빤히 쳐다보며 물었다.

"왜?"

"코, 코스⋯⋯ 모스."

"뭐라고?"

"칼 세이건이 쓴⋯⋯."

젠장, 덜덜 떨며 책 제목이나 읊고 있다니. 내가 얼버무리자,

남자는 무표정한 얼굴로 고개를 끄덕이며 맞은편 의자에 앉으라고 손짓했다. 남자의 책상에는 컴퓨터와 서류 뭉치가 어질러져 있었고, 뒤쪽 벽에는 큼직한 달력이 걸려 있었다. 깡마른 얼굴, 미간에 깊이 파인 주름, 날카롭게 빛나는 작은 두 눈이 신경질적으로 번뜩였다.

　남자는 자신을 형사라고 소개했다.
　형사가 나에게 뭘 물어볼까? 영화처럼 고함을 치며 몰아붙일까? 잘못 대답하면 어쩌지? 아예 입을 닫아 버릴까……. 속으로 중얼거렸다. 어차피 소변 검사에서 양성이 나왔고, 모발에서도 마약이 검출될 게 뻔하다. 묵비권. 그래, 오늘 나는 입이 없는 거다.
　내가 생각을 굳히는 동안 형사는 묵묵히 앞에 놓인 서류를 뒤적였다. 종이 넘기는 소리에 조사실은 한층 더 적막해졌다. 그렇게 한참이 흐른 뒤, 그는 천천히 허리를 펴며 입을 열었다.
　"이제부터 내가 묻는 말에 잘 생각해 보고 대답해라."
　형사의 눈빛이 내 속을 꿰뚫을 듯 파고들었다.
　"홍찬우 알지? 홍찬우가 체포됐다. 그놈 밑에서 굴러먹던 놈들도 다 잡혔어. 놈들이 전부 불었으니 숨길 생각 말고 대답해."
　홍찬우가 붙잡혔다고?
　순간 심장이 철렁 내려앉았다. 아까 꿈은 헛것이 아니었다. 놈이 물귀신처럼 나를 끌고 들어간 게 분명하다.
　"그런데 정수영을 아직 못 잡았단 말이야. 너, 정수영 어디 있는지 알고 있지?"

그 나쁜 계집애가 있는 곳을 내가 어떻게 알아요. 눈살을 찌푸리며 고개를 가로저었다.

"너, 정수영하고 친구잖아."

내가 왜 그딴 애랑 친구예요, 걔는 친구가 아니라 악마라고요. 고래고래 소리치고 싶었다.

"말 안 하면 너만 더 불리해져. 협조하는 게 좋아. 너, 마약도 하고 판매도 하고, 엄청난 죄를 지은 거야. 이 정도면 구속이다."

형사의 위협에 눈물이 터졌다. 구속이라면 소년원에 가는 건가? 가슴이 덜컥 내려앉았다.

"울지 마. 운다고 달라질 것 없어."

형사가 책상 위에 볼펜을 탁 던지더니, 곧 티슈 통을 내 앞으로 밀었다.

"너, 혹시 지금 묵비권을 행사하겠다는 거야? 그럼 '묵비권을 행사하셨습니다'라고 말을 해야지. 하지만 이 상황에서 입을 꾹 닫으면 더 불리해질 텐데."

묵비권을 행사한다고 말해야 한다고? 말을 안 하는 것과 말을 안 하겠다고 말하는 것, 그게 뭐가 다르지? 엄마를 불러 달랄까? 불러 달라고 해서 물어볼까? 저 남자가 순순히 엄마를 불러 줄까? 수많은 물음표가 머릿속을 어지럽게 맴돌았다.

형사는 깍지 낀 두 손으로 턱을 괸 채 나를 빤히 바라보다가, 체념한 듯 목소리를 낮췄다.

"김소율, 정말 대답 안 할 거야?"

"……."

"그럼, 그만할까?"

"……."

"좋아. 그렇다면 어쩔 수 없지. 일단 오늘은 여기서 끝내자."

형사가 의자를 뒤로 밀며 벌떡 일어났다. 그 순간, 더 큰 두려움이 몰려왔다.

소율아, 죄를 지었으면 당연히 벌을 받아야지. 잔머리 굴리지 말고 지금이라도 털어놔. 어서 형사에게 말한다고 해. 조사를 거부하면 그대로 감방에 보내 버릴지도 몰라.

속에서는 아우성치는데 입은 단단히 붙어 떨어지지 않았다. 이미 형사는 문을 열고 내가 일어서기를 기다리고 있었다.

아, 모르겠다. 어떻게 해야 할지. 나는 형사의 뒤를 따라 다시 유치장으로 걸음을 옮겼다. 등줄기가 축축이 젖고 머리는 쪼개질 듯 아팠다.

❋

정수영, 나쁜 계집애. 왜 나는 그런 애를 만났을까!

중3 때 같은 반이었던 정수영이 어느 날 내 인스타그램으로 DM을 보내왔다. 잠깐 얘기를 나눠 보니 유학 중인데, 방학이 되어 잠시 들어왔다는 것이다. 입술을 내밀고 한쪽 눈을 찡긋한 프로필 사진 속 그 애는 중학생 때보다 훨씬 세련되고 발랄해 보였다. 몇 번의 대화를 주고받은 끝에 우리는 만나기로 했다.

그 애를 만나러 가던 날, 진눈깨비가 흩날리고 바람이 세차게 불었다. 길가의 가로수는 휘청거렸고, 나뭇잎들은 스산하게 도로에 굴러다녔다. 패딩을 입고 목도리를 단단히 둘렀지만, 찬바람이 목덜미를 파고들었다. 그래도 찬 공기 때문인지 머리가 조금 덜 아파 기분이 괜찮았다.

약속 장소인 교보 빌딩 앞에 막 도착했을 때, 마치 기다렸다는 듯 하얀 자동차가 내 앞에 멈춰 섰다. 차 안에서 수영이 창문을 내리고 큰 소리로 나를 부르며 손을 흔들었다.

"김소율! 야, 김소율, 타!"

내가 어리둥절해하자, 운전석에 앉은 남자가 고개를 숙여 내다보며 싱긋 웃었다. 내가 어, 어 하는 사이에 차에서 내린 정수영이 다짜고짜 나를 뒷자리에 밀어 넣고는 문을 닫아 버렸다.

"김소율, 너 키 엄청 컸네. 놀라보셨어. 얼굴도 더 예뻐지고."

옆에 앉은 수영이 고개를 뒤로 젖히며 웃었다. 이게 무슨 일이지? 오랜만에 만난 애와 낯모르는 사람의 차를 타고 가도 되는 걸까? 갑작스러운 상황에 몹시 당황했다. 그 순간 수영이 내 마음을 읽기라도 한 듯 빙글 웃으며 말했다.

"야, 괜찮아. 이 오빠 좋은 사람이야."

좋은 사람? 어떤 사람이 좋은 사람인데? 나는 두루뭉술하게 넘어가는 걸 딱 싫어해서, 그 말에 살짝 기분이 상했다.

수영을 만나면 카페에서 뭘 좀 먹으며 얘기를 나누고, 교보문고에서 책도 몇 권 사려고 했는데, 계획이 틀어진 것도 짜증이 났다.

"오빠, 김소율 얘 완전 능력자야. 공부도 엄청 잘해. 전에 얘랑 과외한 적 있었거든. 얘가 너무 잘하니까 과외 쌤이 맨날 얘랑 비교하는 거 있지. 소율아, 너도 기억나지? 나 그때 쌤이랑 대판 싸우고 나와 버린 거."

"어, 그랬나?"

내 기분은 아랑곳없이 수영은 혼자서 떠들었다.

"너희 외할아버지도 잘 계셔? 너, 맨날 할아버지 별장 가고 그랬잖아. 아직도 꿈이 우주 과학자야?"

"어, 뭐."

내가 떨떠름하게 대답하는데도 수영은 마냥 명랑했다.

"야, 우리가 절친은 아니었지만 그래도 넌 날 이해해 주었어. 그래서 난, 네가 내 편인 것 같아서 좋았고."

그랬나? 수영이 짙은 화장 때문에 선생님들께 자주 야단맞고, 애들 입에 오르내린 건 기억나지만 딱히 이해해 주거나 편이 된 적은 없었다. 그냥 난 관심이 없었을 뿐이었다.

"참, 너 홍찬민 알지? 중3 때 우리 반 수학 귀신. 지금 너랑 같은 학교 다니잖아. 이 오빠가 바로 그 애 형이야. 이름은 홍찬우."

홍찬민. 늘 고개를 삐딱하게 꺾고 손끝으로 샤프를 끊임없이 돌리던 수학 천재. 그제야 길쭉한 얼굴에 양 볼이 홀쭉하고, 어딘가 허약해 보이는 이 남자가 홍찬민하고 닮았다는 생각이 들었다.

"지금, 이 오빠 오피스텔 가는 길이야. 오빠가 맛있는 거 만들어 준대."

오피스텔? 과외 선생님이 쓰는 오피스텔 같은 걸 말하는 건가? 궁금했지만, 잔뜩 들떠 있는 수영의 말을 끊을 수가 없었다.

"김소율, 여전히 네 인스타그램에는 별, 우주 이야기뿐이더라. 요즘도 별 보러 다녀?"

나는 대답 대신 입을 쭉 내밀며 싫은 기색을 드러냈다. 하지만 수영은 한결같이 떠들었다.

잠시 후, 자동차는 우수동 어디쯤에서 멈췄다. 홍찬우가 지하 주차장으로 차를 몰고 내려가자, 수영이 내 손을 잡아끌며 오피스텔로 올라갔다.

"나, 그냥 집에 갈래. 머리가 좀 아파서."

아무리 생각해도 낯선 곳에 따라 들어가는 건 뭔가 찜찜했고, 자꾸 불안감이 커졌다.

"머리 아파? 아픈데 그냥 가면 어떡해. 잠깐만 쉬었다 가."

수영이 내 어깨에 팔을 두르고 한 손으로 내 머리를 짚는 사이, 엘리베이터 문이 열렸다. 수영은 이곳이 익숙한 듯 곧장 9층으로 나를 이끌었다.

오피스텔로 들어서자, 창문에 청색 커튼이 드리워진 실내가 눈에 들어왔다. 빌트인 가전과 가구, 회색 식탁, 큼직한 소파까지 갖춰진 원룸이었다. 나는 창가로 다가가 두꺼운 커튼을 살짝 들춰 보았다.

창밖에는 앞 건물이 버티고 있었는데, 페인트가 벗겨진 벽면에

에어컨 실외기와 지저분하게 얽힌 전깃줄만이 걸려 있었다.

책도 책상도 없는 걸 보니 과외용 오피스텔은 아닌 것 같았다. 실내는 그럭저럭 정돈되어 깔끔했으며, 분위기상 위험해 보이지는 않아서 잠시 마음이 놓였다.

곧 홍찬우가 들어와 밝은 얼굴로 콧노래를 흥얼대며 주방에서 요리를 시작했다. 나는 소파에 앉아 이 낯선 광경을 바라보다가 빨리 집에 가야겠다는 생각이 들었다. 그때 홍찬우가 쟁반을 들고 와 주스 잔을 내밀었다.

"킁, 방금 짠 거야. 마셔."

홍찬우는 말할 때마다 한쪽 어깨를 실룩이며 코가 막힌 듯 킁킁댔다. 내가 고개를 저었지만 옆에 앉은 수영이 냉큼 주스 잔을 들어 내게 건넸다. 나는 어쩔 수 없이 받아 들고 홍찬우를 향해 고개를 살짝 숙이며 감사의 뜻을 보였다.

"오빠, 오늘 요리는 뭐예요?"

"크, 킁. 토오매~애토, 스~파게리~."

홍찬우가 발음을 길게 굴리며 장난스럽게 대답했다. 그가 다시 주방 쪽으로 가자, 수영이 작은 목소리로 속삭였다.

"저 오빠, 틱장애야. 그래서 자꾸 킁킁대."

그는 말할 때 어깨뿐만 아니라 한쪽 턱까지 함께 흔들렸다. 수영과 이런저런 이야기를 나누는 사이, 홍찬우가 식탁에 음식을 차려 놓았다. 꽃으로 장식까지 더한 상차림은 의외로 솜씨가 괜찮아 보였다.

"큼, 와 줘서 고마워."

홍찬우는 자신의 틱장애를 의식하는지 말을 짧게 했다. 날카로운 인상과는 달리 의외로 조용하고 친절했다.

그가 만든 토마토스파게티는 새콤하고 면발이 쫄깃해서 맛있었지만, 긴장한 탓인지 머리가 아파서 몇 입 깨작거리다 말았다. 수영은 내내 혼자 떠들었고, 그는 간간이 웃음으로 호응했다. 나도 억지로 따라 웃었다.

식사가 끝나고 이제는 가야겠다고 생각하며 일어서는데, 그제야 수영이 무언가 떠올린 듯 말했다.

"참, 너 머리 아프다 했지? 오빠, 얘 사탕 줘도 돼요?"

"크, 응. 그래."

수영이 일어나 탁자 서랍에서 무언가 꺼내 왔다.

"소율아, 이거 마약 사탕인데 먹어 볼래? 금세 괜찮아질 거야."

얇은 비닐에 싸인 사탕은 빨갛고 엄지손톱만 했다.

"마약 사탕? 미약 김밥이나 마야 떡볶이처럼 맛있는 거야?"

나는 얼마나 맛있기에 '마약'이라는 이름이 붙었는지 궁금해서 물었다.

"응. 약처럼 진통 효과도 있어. 우리나라에서는 불법이지만 외국선 약국이나 편의점에서도 팔아."

"그래?"

내가 사탕을 빤히 보고 있으니, 수영이 말했다.

"대마도 조금 들었고. 약발 좋은 약에는 다 조금씩 마약 성분이 들어간대. 한번 먹어 봐. 머리도 금세 낫고 기분도 좋아질 거야."

수영이 먼저 사탕 한 알을 입에 넣고 오물거렸다. 설거지를 끝낸 홍찬우도 사탕을 맛있게 먹었다.

나는 잠시 망설였지만 머리가 지끈거렸고, '약이라니까 괜찮겠지' 하는 생각이 스쳤다. 두 사람은 양 볼을 불룩거리며 맛있게 사탕을 빨아 먹고 있었다. 이렇게 작은 게 무슨 해가 되겠어, 결국 나도 사탕을 입에 넣었다.

사탕이 다 녹기도 전에 신기한 일이 일어났다. 머릿속이 환해지더니 두통이 사라졌다. 미온수에 몸을 담근 듯 팔다리가 나른해지고, 잔뜩 조여 있던 마음의 긴장도 풀리기 시작했다.

무엇인지 알 수 없지만 온몸이 편안해지면서 눈앞에 병아리 솜털 같은 보드라운 것들이 폴폴 흩날리는 듯 보였다. 그 부드러운 환영이 기분을 한껏 들뜨게 했다.

뿐만 아니었다. 잠시 후, 갑자기 몸이 공중으로 붕 떠오르는 기분이 들었다. 내 친구 현서가 좋아하는 일본 애니메이션 주인공이라도 된 걸까? 현서는 센과 치히로가 공중 산책하는 장면을 가장 좋아한다고 했었다. 지금 같아서는 나도 정말 공중을 걸어 다닐 수 있을 것 같았다.

에이, 김소율, 과학적으로 말이 안 되잖아. 그래, 말도 안 된다는 건 알겠는데……. 이건 뭐야? 몸이 헬륨 풍선처럼 부풀어 오르는 것 같잖아. 어라, 이 기분…… 도대체 어떡하면 좋아?

"정수영, 나 왜 이러지?"

"왜?"

"몸이 막 풀리네. 나 이상하게 보이지?"

"야, 사탕을 먹었는데 이상하게 보이지 않는 게 더 이상한 거야. 그냥 즐겨."

"그래도 이건 좀 이상한데."

"이과형 인간들은 이래서 탈이라니까. 머리 쓰지 말고 그냥 즐기라니까. 특별한 놀이처럼. 야, 그러니까 뭐냐, 특별한 경험 아니지, 특별한 놀이를 하고 있다고 생각해."

특별한 놀이? 마약을 먹고 기분을 끌어올리는 게 놀이란 말인가? 내가 고개를 갸웃거리자, 정수영이 내 손을 거칠게 잡아끌었다.

"야, 그냥 좋은 것만 생각해. 우리 춤이나 추자. 자, 일어나."

정수영의 두 눈이 반짝이며 빛났다.

"야아, 부끄럽게 왜 이래?"

뜬금없이 춤이라니. 당황스러움과 알 수 없는 긴장감이 동시에 밀려왔다.

"뭘 빼. 나처럼 춰 봐. 고 고!"

홍찬우가 흥을 돋우듯 음악을 틀어서 보여 주었다. 요즘 핫한 남자 아이돌의 뮤직비디오였다.

나는 수영에게 이끌려 어쩔 수 없이 일어났다. 수영은 빠른 비트에 맞춰 두 팔을 번쩍 들고 춤을 추었고, 나는 그 옆에서 손뼉을 치며 웃었다.

그런데 왜 이렇게 웃음이 나오는 걸까?

수영의 몸짓에 웃음이 터지더니, 쿠션에 그려진 곰돌이를 보고도 깔깔댔다. 심지어 내가 마시던 컵의 주스 알갱이마저도 왜 이렇게 재밌게 보이는지. 눈앞에 보이는 것들이 블링블링, 무지개 색으로 빛났다. 어쩜, 이렇게 모든 게 환상적일까? 웃고 있는 홍찬우와 정수영도 안아 주고 싶을 만큼 예뻐 보였다. 급기야는 스피커에서 흘러나오는 노래가 물방울처럼 톡톡 튀어 올라 눈앞에서 동동 떠다녔다. 수영이 내 손을 잡고 빙글빙글 돌았다.

"정수영. 여기 되게 재밌다."

우리는 얼굴을 마주 보며 큰 소리로 웃었다. 얼마 만에 이렇게 웃어 보는지! 이렇게 실컷 웃을 수 있다면 얼마든지 빨간 사탕을 먹을 수 있을 것 같았다.

✻

아침 9시.

"김소율 씨, 면회요."

엄마가 부석부석한 얼굴로 나를 채근했다.

"김소율, 왜 그래? 어제 형사 앞에서 입도 벙긋 안 했다며? 도대체 왜? 왜 말을 안 하는 거야?"

"……."

"소율아, 언제까지 이렇게 있을래? 네가 조사를 잘 받아야 빨리 끝날 수 있다니까."

“말이 안 나오는데 어떡해?”

흑, 울음이 터졌다. 엄마가 내 어깨를 끌어당겨 안았다.

“소율아, 무서워도 형사님께 말해야 해. 그래야 빨리 집에 갈 수 있어.”

내 눈물을 닦아 주는 엄마 눈에서도 눈물이 흘러내렸다. 엄마가 손으로 뺨을 훔치며 커비를 주었다. 경찰이 돌려준 모양이다.

“십 분 지났어요. 면회 끝났습니다.”

엄마 말만 들었는데 벌써 끝이었다. 내가 일어서자, 엄마가 애원하듯 말했다.

“소율아, 제발 형사님이 묻는 말에 대답해. 응?”

“…….”

“대답해야 한다니까. 응? 엄마 말 들을 거지?”

“알았어.”

“현서한테 전화 왔더라. 너 전화 안 받는다고.”

엄미는 현서에게 뭐라고 말했을까? 현서랑 같이 기숙 학원에 갔더라면 이런 일은 없었겠지. 지난 여름 방학 때는 현서와 함께 기숙 학원에 갔다. 엄마에게는 말하지 않았지만, 사실 엄마 말을 거절할 수 없어 억지로 따라간 거였다. 나는 스트레스를 왕창 받고 돌아왔지만, 현서는 학습 분위기가 마음에 든다며 좋아했다. 어쨌든 거기 가면 공부는 되니까 이번에도 가 볼까 했는데, 두통이 심해서 포기하고 말았다.

“현서한테 뭐라고 했어?”

"우리 소율이 아프다고……. 엄마 때문에 우리 딸이……. 엄마가 미안해."

엄마가 눈물을 참으며 내게 사과했다. 엄마, 괜찮아. 엄마 때문이 아니야. 나 때문이야. 엄마가 준 약 때문이라고 한 건 거짓말이었어. 엄마, 내가 미안해. 정말 미안해!

오전 10시.

형사를 따라 조사실로 가는데 복도 창문으로 파란 하늘이 보였다. 늘 보던 하늘이 이렇게 반가울 수가! 저 맑고 푸른 무한한 공간, 저 속에서 태양이 빛나고 별들이 태어나고 은하가 흐른다. 칼아저씨는 우주의 무한한 심연과 그 안에 숨겨 놓은 비밀을 좋아했다. 나도 아저씨처럼 그 비밀을 밝혀 보고 싶었다. 지금 할아버지네 별장 다락방에서 천체 망원경을 펼칠 수 있다면 얼마나 좋을까.

조사실에서 형사가 한 손으로 턱을 괴며 물었다.

"김소율, 우주 과학 좋아하나 봐?"

어제와는 사뭇 다른 표정과 말투였다.

"우주를 한 바퀴 도는 데 시간이 얼마나 걸릴까?"

나는 예상하지 못한 반가운 질문에 고개를 들었다.

"빛의 속도로 이동하는 우주선에서는 56년."

나도 모르게 불쑥 대답이 나왔다.

"오호, 얼마 안 걸리네."

"지구인의 시간으론 수백억 년이에요."

어제 내가 『코스모스』에 대해 중얼거린 말을 알아들은 모양이다. 공감의 기쁨도 잠시, 여기는 유치장이다. 아무것도 할 수 없는 곳.

"자, 오늘은 말 좀 하자. 나도 너 빨리 집에 보내고 싶다. 엄마가 계속 밖에서 기다리고 계시더라. 엄마가 무슨 죄니."

집? 집, 내 방, 누워서 책을 보다 잠들던 포근한 침대, 30분 단위로 빼곡히 짜여 있던 진도표가 붙어 있는 책상, 엄마표 김치볶음밥이 차려진 식탁, 늘어지게 한숨 자기 좋은 소파, 거실 창가에 살포시 날리던 커튼. 집을 떠올리자 마음이 급해졌다. 그래, 말하자. 집에 가려면 다 털어놓아야 한다.

"저, 물 좀."

형사가 생수 한 병을 갖다주었다. 나는 천천히 물을 마셨다. 목을 타고 넘어간 생수가 신경 세포에 생기를 주었는지 힘이 좀 났다.

"괜찮아?"

무슨 뜻인지 몰라서 빤히 쳐다보자, 형사가 민망한 듯 시선을 돌리며 중얼거렸디.

"마약 사범들이 단약하면 조울증이 심해져서 난동을 부리거나 금방 죽을 듯이 우울해하더라고. 너도 그래서 입을 닫고 묵비권을 행사하나 싶어서."

정말 내가 말을 안 한 게 그래서였을까? 사실 지난밤에도 많이 생각났다. 빨간 사탕이 눈앞에서 동동 떠다녔다. 딱 한 알, 한 알만 먹으면 이 고통과 두려움이 사라지고 해피해질 텐데.

간절한 갈망이 끈적끈적 온몸을 휘감았다. 바보야, 유치장에선

약을 구할 수 없어. 혼잣말을 하다가 정신이 번쩍 들었다. 그래, 차라리 잘된 일일지도 모른다. 그동안 얼마나 고통스럽게 버텨 온 날들인가. 어금니가 흔들리도록 이를 악물고, 피가 나도록 생살을 잡아 뜯으며 참아 왔다. 다시는, 다시는 돌아가지 않을 것이다. 혼돈의 카오스는 꺼져라. 나는 내 삶의 질서를 바로잡는 코스모스를 선택할 것이다.

"이제 시작하자. 마약은 주로 어디에서, 누구랑 했지?"

내 마음을 읽은 걸까. 형사의 표정은 어제와 달리 한결 여유로워 보였다.

"홍찬우, 정수영이랑 오피스텔에서……. 혼자서도 하고."

집에 돌아가고 싶다는 열망에 말이 술술 흘러나왔다.

"주로 합성 대마를 했네. 이것 말고 다른 마약도 했어? 엑스터시나 필로폰 같은 거."

"전…… 그냥 홍찬우가 주는 것만……."

"순진하네. 뭔지도 모르고 주는 대로 다 했구나. 이미 사람을 미치게 만들었으니 주는 대로 받았겠지. 쯧쯧."

형사가 자판을 두드리며 혀를 찼다.

정말 12월은 정신을 차릴 수 없는 나날이었다. 마약의 유혹이 나를 미치게 했다. 약을 먹고 나면 반쪽 머리를 쥐어뜯던 편두통이 씻은 듯이 사라졌다. 공부에 대한 불안과 성적의 압박, 손끝 하나 움직이기 싫었던 무력감과 정체 모를 우울감도 사라졌다.

무엇보다 소리 내어 웃을 수 있다는 게 좋았다.

하지만 문제는 돈이었다. 저금통을 부수고, 통장에 있던 돈까지 모두 찾아 썼다. 급기야 엄마 지갑에서 돈을 훔쳤다. 나중에는 더 이상 구할 곳이 없었다. 마약 사탕 없이는 살 수 없다는 불안과 공포가 목을 죄어 오며, 나는 점점 수렁에 빠져들었다.

참다못해 추리닝 바람으로 신발을 구겨 신고 뛰어나갔다. 찬 공기를 마시며 정신을 추슬렀지만 지나가는 사람들이 죄다 홍찬우와 정수영으로 보였다. 그들을 만나야만 나는 하늘을 날 수 있게 된다. 그대로 오피스텔로 내달았다. 문이 열리자마자 홍찬우를 붙잡고 애원했다.

"큥, 안 돼. 돈 가져와. 크, 큥, 아니면 드리퍼 해."

처음 만났을 때, 싱긋 웃어 주던 친절한 사람이 아니었다. 홍찬우는 차갑고 단호하고 냉정했다. 좋아요, 드리퍼 할게요. 목구멍까지 대답이 차올랐을 때 번쩍, 좋은 생각이 떠올랐다. 엄마 서랍장에서 보았던 달러, 엄마가 챙겨 둔 빳빳한 지폐가 생각났다.

"잠깐만요, 돈 갖고 올게요."

찬 바람이 몰아치는 거리를 정신없이 달렸다. 우수역 앞에 다다랐을 때, 잿빛 하늘에서 빗방울이 떨어지기 시작했다. 우산이 없다. 그래도 멈춰 설 수 없었다.

빗줄기가 점점 굵어졌다. 머리와 얼굴을 타고 내린 빗방울이 턱 밑으로 뚝뚝 떨어졌다. 젖은 롱패딩이 다리에 감겨 발이 자꾸 느려졌다. 자호역쯤에 이르렀을 때, 보도블록에 발이 걸려 넘어졌다. 철퍼덕, 꽈당! 개구리처럼 사지를 벌린 채 바닥에 엎어졌다.

지나가던 사람들이 놀란 듯 다가왔다.

"학생, 괜찮아요?"

나는 손을 내저으며 간신히 일어났다. 창피한 마음에 상처를 살피지도 못하고 절뚝거리며 걸었다. 정수리로 흘러내리는 빗물과 두 눈에서 솟아나는 눈물이 섞여 얼굴을 타고 흘러내렸다. 얼마쯤 그렇게 걸었을까? 편의점이 눈에 들어왔다. 현서와 자주 갔던 곳이다. 컵라면과 삼각김밥을 먹으며 웃고 떠들던 곳. 좋아하는 남자애가 생겼다는 현서의 말에 빨리 고백하라며 깔깔대던 내 모습이 오버랩되었다.

편의점 유리창 앞에 멈추어 섰다. 파리한 낯빛에 검은 머리칼이 뒤덮인, 섬뜩한 얼굴이 유리에 비쳤다. 빛을 잃은 흐리멍덩한 눈, 파르르 떠는 검은 입술, 막 무덤에서 뛰어나온 귀신처럼 보였다.

누구? 김소율? 저게 내 모습이라고!

"악~."

나는 머리를 부여잡고 비명을 질렀다. 내가 왜 저렇게……. 현서와 같이 저 안에서 웃고 있던 나는 지금 어디에 있지?

흐흐흐, 너 지금 마약 사려고 돈을 훔치러 가는 길이잖아. 이렇게 서 있으면 어떡해? 빨리 돈 갖고 가야지, 홍찬우가 기다리고 있잖아. 환청이 들려왔다. 그래, 가야지, 돈이 있어야 마약을 사지. 나는 다시 비를 맞으며 철벅철벅 걸음을 옮겼다.

미쳤어. 귀신 같은 네 모습을 보고도 돈을 훔치러 간다고? 김소율, 정신 좀 차려 봐. 너 언제까지 이렇게 살 거야. 이렇게 인생 끝낼래? 이건 내가, 내가 아니잖아. 제발, 여기서 끝내자!

나는 한 사람인데, 속에서는 두 목소리가 격렬하게 싸우고 있었다. 어느 편도 들 수 없어서 머리를 저으며 울었다. 그렇게 울고 또 울며 걷다 보니, 어느새 집 앞이었다. 집에 들어가 옷을 벗고 따뜻한 욕조 물에 몸을 깊숙이 담갔다. 마음을 가라앉히려 눈을 감고 숨을 고르며 욕조 안에 한참을 앉아 있었다. 시간이 꽤 흐른 뒤에야 어느 정도 마음이 진정되었다.

소율아, 지금부터 다시 예전의 김소율로 돌아가는 거야. 내가, 내가 되는 거라고!

나는 그렇게 가만가만 속삭였다. 뿌연 수증기 속, 퀭한 눈빛의 아이가 멀거니 앉아 나를 바라보고 있었다.

엄마는 퇴근이 늦었다. 엄마한테 먼저 잔다고 톡을 보낸 후, 박스 테이프로 방문 손잡이를 칭칭 감았다. 방문을 여는 순간, 약쟁이로 돌아갈 것 같아 두려웠다. 내가 나를 믿을 수 없기 때문이다.

아니나 다를까, 오래 지나지 않아 금단 증상이 왔다. 두 눈이 아파 왔다. 눈알이 빠져 굴러다니는 듯 흔들리더니, 통증은 점점 더 심해졌다. 얼굴 근육은 제멋대로 실룩거렸고, 살갗은 벌레가 스멀스멀 기어다니는 것처럼 가려웠다. 손톱을 세워 피가 나도록 팔을 긁었지만 시원하지 않았다. 긁고, 꼬집고, 잡아 뜯었다. 망치로 뼈를 산산조각 내는 듯한 고통이 몰려왔다. 우리 몸의 뼈가

206개라 했던가. 그 뼈 한 마디 한 마디가 낱낱이 부서지는 것 같았다. 보이지 않는 무시무시한 적이 온몸을 공격하고 있었다.

아, 사탕…… 딱 한 개만 먹을 수 있다면. 마약이 눈앞에 동동 떠다녔다. 혹시 내가 어딘가에 숨겨 두진 않았을까? 베개 속? 신발장? 정신이 오락가락했다.

이 방만 나가면 약을 구할 수 있어.

참다못해 방문 손잡이를 잡았다. 손이 바들바들 떨렸고, 손잡이가 덜컥거렸다.

빨리 테이프를 뜯고 문을 열어.

악마가 귓가에 속삭였다.

아, 김소율. 이러면 안 돼. 지금 잘 참고 있잖아. 넌 할 수 있어.

천사가 내 손목을 붙잡고 안타깝게 소리쳤다. 하지만 악마에게 영혼이라도 팔아 약을 구하고 싶은 마음이 간절했다.

나는 휴대폰을 켰다. 텔레그램에 접속해 마약 구매를 검색했다. 역시 문제는 돈이었다. 돈이 없어서 구매 버튼을 누르지 못하는 내 손가락이 원망스러웠고, 화가 치밀어 올랐다.

엄마, 살려 줘.

엄마에게 몇 번이나 문자를 썼다가 지우고, 또다시 썼다. 엄마에게 말할 수 있을까? 마약 때문에 엄마 딸이 미쳐 가고 있다고.

"마약이 몸에 들어가는 순간, 돌이킬 수 없는 질병이 생겼다고

보면 됩니다. 마약 치료 전문 병원이나 치료 센터의 도움을 받을
수도 있지만 무엇보다 중요한 것은 아무리 고통스러워도 마약을
끊겠다는 의지입니다."

유튜브에 나오는 의사의 말에 다시금 입술을 깨물었다. 죽을힘
으로 마약을 끊어 보자. 치밀어 오르는 비명을 이불로 틀어막으
며 버텼다. 바닥을 뒹굴고 미친 듯 몸부림치다 보니 어느덧 새벽
4시. 잠이라도 들면 좋으련만 아무리 애를 써도 눈꺼풀은 접착제
로 붙인 듯 내려오지 않았다.

나는 마음을 다잡으며 책장에 꽂힌 『코스모스』를 꺼내 들었다.
이게 내 꿈이었지, 내 꿈! 잡히는 대로 책을 펼쳤다. 입술이 덜덜
떨렸지만, 정신을 모으고 소리 내어 읽었다.

"칼라하리 사막에 사는 쿵족은 하늘이 거대한 짐승이라 생각
했다. 우리는 그 짐승의 배 속에 살고 있으며, 은하수는 그 짐승
의 등뼈라고 생각했다. 그들의 생각은 신들에게 자리를 내줌으로
써……."

신? 그래, 신이다. 신에게 빌어 보자.

"하나님, 저를 살려 주세요. 저에게서 이 고통을 물리쳐 주시고
고쳐 주세요. 제발, 제발요!"

침대에 엎드려 두 손을 모은 채 빌었다. 다시 책을 폈지만 글자
는 개미처럼 뿔뿔이 흩어지고 발작이 시작됐다. 눈앞이 어질어질
하고 절벽에서 떨어지는 듯 아득했다. 금방이라도 누가 잡으러
오는 것 같아, 불안해서 미칠 것 같았다.

신도 나를 버린 모양이다. 됐어, 이딴 책도 필요 없어!

나는 책을 바닥에 내던졌다.

"소율아, 잠이 안 오니?"

엄마가 자다 깬 모양이었다. 아니, 어쩌면 아까부터 내 방문 앞에서 서성이던 발소리를 들었던 것도 같다. 나는 숨을 죽이고 가만히 있었다.

얼마 후, 발걸음 소리가 멀어졌다. 엄마와 얼굴을 마주한 게 며칠 전이다. 나는 엄마가 집을 나서면 거실로 나가고, 엄마가 들어오면 방에서 꼼짝하지 않았다. 대화는 오로지 카톡으로만 이어졌다. 엄마가 억지로 말을 붙이려 하면 짜증을 내고 소리를 질러 댔다.

※

아침이 되었다. 통증이 조금 사그라졌다. 밤새 얼마나 몸부림 쳤는지, 해진 옷처럼 침대 위에 널브러져 있었다. 온몸은 멍이 들고 뜯겨서 상처투성이였다. 천장을 멀거니 올려다보고 있는데, 눈이 풀려 초점이 맞지 않았다.

"김소율, 엄마랑 병원 가자."

엄마가 방문을 두드렸다. 엄마, 나는 갈 수 없어. 의사가 단번에 알아볼 거야. 내가 마약을 했다는 걸.

내가 기척을 하지 않자 엄마는 할아버지를 부르겠다고 했다. 안 된다. 할아버지한테는 비밀로 해야 한다. 할아버지를 실망시키면

　　　　　　　　　　　　　　　　　　　헬게이트 | 이옥수

안 된다. 어쩔 수 없이 몸을 일으켜 엄마를 따라 병원에 갔다.

"요즘은 좀 어때요? 학생, 날 좀 똑바로 봐요. 눈빛이 왜 이렇게 흐려 보이지? 잠을 잘 못 잤나."

의사가 의심스러운 눈빛으로 나를 빤히 바라봤다. 가슴이 덜컥 내려앉았다. 나는 고개를 끄덕이고 신경질적으로 후드를 푹 내려 썼다.

"아, 약 후유증이 불면증으로 오는 경우가 있어요. 머리는 안 아파요?"

"아파요."

"스트레스는 어때요?"

"……."

"학생이 자세히 얘기해 줘야 처방을 할 수 있어요. 뭐든 다 괜찮으니까 말해 보세요."

나는 고집스러운 태도로 가만히 있었다.

"그래요, 말하기 싫으면 안 해도 돼요. 신경안정제랑 수면제를 처방해 줄 테니, 잠이 안 올 때만 한 알씩 먹도록 해요. 잠을 못 자면 면역 체계가 무너져서 회복하기 힘들어요."

의사가 안타깝게 나를 바라보다가 나가도 된다고 했다. 상담을 마치고 나오자, 엄마가 진료실로 들어갔다. 한참 뒤에 나온 엄마는 두 눈이 벌겋게 충혈돼 있었다. 엄마는 여전히 죄책감에 시달리고 있는 듯했다.

지난해 기말고사 무렵, 엄마가 '공부 잘하는 약'이라며 알약 한 통을 내밀었다. 약을 먹자 효과는 바로 나타났다. 몇 시간씩 앉아 공부해도 피곤하지 않았고 성적도 눈에 띄게 올랐다.

하지만 나중에야 알게 됐다. 그 마법 같은 약은 ADHD, 주의력 결핍장애 치료제였다. 뇌에 도파민이 부족하거나 넘칠 때 행동을 조절하기 위해 쓰이는 약인데, ADHD와 상관이 없는 사람이 먹으면 부작용이 나타난다고 했다.

명문 대학이라는 엄마의 욕망과 어떡해서든 성적을 올리고 싶었던 내 욕심이 맞아떨어진 결과였다. 약을 구해 준 사람은 아이 셋을 모두 스카이 대학에 보냈다는 엄마의 선배였다. 엄마는 그 선배에게 입시 정보를 얻고 학습 코칭까지 받았는데, 그 사람은 내가 집중력이 부족해 보인다며 약을 구해다 주었다.

문제는 약을 끊은 뒤였다. 머리가 아프고 구토가 밀려왔다. 손가락 하나 까딱하기 싫을 정도로 무기력해졌다. 의사는 엄마를 크게 나무라며 당분간 절대 안정과 치료가 필요하다고 했다. 스트레스 받는 일을 절대 해서는 안 된다는 진단서까지 끊어 주었다.

결국 질병 결석계를 내고 학교에도 못 가고 집에만 머물렀다. 엄마는 집에서 과외라도 하자고 했지만, 나는 모든 게 귀찮아 거부했다. 바로 그때, 정수영이 나타났고 나를 이렇게 헬게이트로 끌어들인 것이다.

병원에서 집으로 돌아오는 길, 머릿속 세포들이 다 흩어진 것처럼 정신이 멍했다. 갑자기 속에서 구토가 치밀어 올라와 입을 틀어막은 채 꺽꺽댔다.

엄마가 급히 도로변 백화점으로 차를 몰았다. 나는 정차가 끝나기도 전에 차에서 뛰어내려 화장실로 달려갔다. 문을 열고 들어서자, 다급한 소리가 벼락처럼 귓가를 때렸다.

오피스텔로!

머릿속이 핫핫해지면서 가슴이 쿵쿵댔다. 그대로 허둥지둥 백화점 출입문을 향해 달렸다. 백화점 앞에 서 있는 택시에 급히 올랐다. 오피스텔로 가는데 엄마가 전화를 했다.

"엄마, 먼저 가, 나 친구랑 약속 있어."

한마디 하고는 전원 버튼을 꾹 눌러 껐다. 이 모든 게 순식간의 일이었다. 죽도록 참아 왔던 며칠이 삽시간에 물거품이 되는 순간이었다.

※

점심으로 형사와 함께 도시락을 먹었다. 형사는 젓가락질을 하면서도 줄곧 모니터를 훑어보고 있었다. 저 안에는 분명 나에 대한 정보가 들어 있겠지. 홍찬우가 찍은 영상도 있을까? 불안이 목을 죄었다.

다시 심문이 시작되었다.

"내가 많은 마약 사범들을 조사했는데, 단약을 견뎌 내지 못하는 게 가장 문제더라. 정말 힘든가 봐. 너도 거기서 멈췄으면 좋았을 텐데 결국 홍찬우한테 가고 말았네."

조사실 블라인드 사이로 들어온 햇볕이 책상 위에 빗금을 그었다. 색으로는 표현할 수 없는 그 빛살은 어디서 비롯되는 걸까, 멍하니 생각하는데 형사가 무심히 집게손가락으로 빛줄기를 따라 그리며 물었다.

"홍찬우가 갈 때마다 약을 주었니? 약 살 돈은 어떻게 구했어? 소율이 돈 많아? 아니면 홍찬우가 너를 좋아……."

형사가 컴퓨터 화면에 시선을 고정한 채 말을 뚝 끊었다. 난처한 기색이었다. 혹시 영상 때문일까? 그 더러운 놈이 찍은 영상. 가슴이 쿵 내려앉고 머리끝까지 열이 치솟았다. 형사가 표정을 다잡으며 한 손으로 턱을 쓸어내렸다.

그날, 택시에서 내리자마자 곤두박질치듯 오피스텔 문을 열고 들어갔다. 방 안에 있던 사람들이 깜짝 놀라며 고개를 돌렸다.

"사탕, 줘요. 제발!"

내가 손을 내밀자, 방 안에 있던 사람들이 눈치를 보며 슬금슬금 일어났다. 홍찬우와 정수영 외에 낯선 얼굴이 셋이었다. 홍찬우가 눈짓을 보내자, 그들은 내 옆을 스치듯 나가 버렸다. 나는 신발을 벗는 것도 잊은 채 안으로 들어섰다.

"야, 정신 차려. 오빠, 얘 허깨비 같아."

소파에 앉아 있던 수영이 일어나 내 어깨를 흔들었다. 나는 수영의 손을 뿌리치고 홍찬우 턱 밑으로 바짝 다가갔다.

"오빠, 제발 약 좀 주세요. 죽을 것 같아요."

홍찬우가 빙긋 웃으며 고개를 끄덕였다.

"크킁, 그래, 이게 찐인데 맞아 볼래?"

그가 탁자에 놓인 주사기를 들어 보였다. 나는 묻지도 따지지도 않고 서슴없이 팔을 걷었다. 그토록 갈망하던 마약이라면 사탕이든 주사든 상관없었다. 홍찬우가 내 팔을 잡고 주삿바늘을 찔러 넣었다. 약이 혈관을 타고 퍼져 나가자, 팔 어깨 가슴 머리가 차례로 환해졌다. 마치 메마른 잎새에 단비가 스미는 것처럼. 두 눈에서는 기쁨인지 슬픔인지 모를 눈물이 흘러내렸다.

"킁, 킁. 좋아? 이건 사탕보다 더 좋지? 진작 오지, 왜 참았어. 킁."

홍찬우가 내 볼을 꼬집더니 환영한다는 듯 두 팔을 벌렸다. 나는 어색하게 그의 품으로 파고들며 훌쩍였다.

"계집애, 울긴. 하긴 매직이지 매직. 김소율이 이렇게 싹, 돌아 버리다니."

수영이 혀를 차며 등짝을 툭 쳤다.

"오빠, 정말 오늘만 딱 할 거거든. 그러니까 한 대만 더 주면 안 돼요?"

엄마를 속이고 도망쳐 나온 나 자신, 단약에 실패한 내가 미워서 아예 미쳐 버리고 싶었다. 아무 생각도 못 하게 이것저것 따지는 뇌를 몽땅 망가뜨려 버리고 싶었다.

"킁, 안 돼. 너 죽을 수도 있어. 크, 우리도 한 대씩만 한다. 이

거 독하거든."

홍찬우와 정수영이 천천히 자신들의 팔에 주사를 찔렀다. 죽을 수도 있다는 말은 과장이 아니었다. 잠시 후, 머릿속에서 기름에 물이 튀듯 치직 소리가 나더니 뇌에 과부하가 걸렸다. 정신이 아득해지고, 말소리는 희미하게 멀어졌다. 암전. 어딘가로 추락한 것 같은데 그다음의 일들은 아무것도 기억나지 않았다.

얼마나 시간이 흘렀을까?

어둠 속에서 하얀빛 하나가 떠다녔다. 그 빛을 쫓다 흐릿한 정신으로 눈을 떴다. 깜빡 잠이 들었는지, 기절했는지 알 수 없었다. 몸이 납작해져 바닥에 깔린 듯 무겁고 축 늘어졌다. 간신히 눈을 떴지만 안갯속처럼 앞이 뿌옜다. 여기가 어디일까, 생각을 더듬는데 머리맡에서 끽끽거리는 소리가 들렸다.

흐트러진 머리를 쓸어 올리며 부스스 일어나 주위를 둘러보았다. 수영은 소파 밑에 널브러져 있었고, 홍찬우는 소파에 비스듬히 앉아 휴대폰을 보고 있었다.

"크큿. 너, 큿, 섹시하다."

음흉한 말투에 깜짝 놀라 몸을 일으켰지만 어지럼증에 다시 쪼그려 앉았다. 눈을 비비며 내 몸을 살폈다. 청바지에 후드 티, 다행히 아무 이상은 없었다. 그런데 홍찬우가 킥킥대며 휴대폰 화면을 내밀었다.

이럴 수가!

윗옷이 목까지 말려 올라가고, 가슴이 적나라하게 드러난 내가 화면 속에 있었다. 분명 내 얼굴이었다. 나는 그대로 휴대폰을 낚아채 덜덜 떨리는 손가락으로 삭제 버튼을 찾았다.

"킁, 삭제해도 소용없어. 이미 다른 데 저장해 놨거든. 킁."

눈앞이 아득해지는 순간, 놈이 내 팔을 꺾어 단번에 휴대폰을 빼앗았다.

"아이 씨, 삭제해요. 빨리!"

내가 소리치자, 놈은 징그럽게 웃으며 말했다.

"크, 가만히 있어. 킁, 너 자꾸 이러면 크, 킁 인터넷에 올린다."

미친놈! 눈에서 불이 치솟았다. 내가 달려들자, 놈은 내 머리채를 확 잡아채더니 무릎으로 옆구리를 세게 가격했다. 나는 엉겁결에 그의 팔뚝을 꽉 깨물었다.

"악! 킁, 이 미친 게."

놈은 내 따귀를 갈기더니 발로 머리를 밟았다.

엄마, 엄마. 살려 줘. 이놈이 날 죽일 거 같아. 아니다, 이렇게 죽을 순 없어. 살아야 해. 무조건 살아야 한다.

나는 두 손을 싹싹 빌며 애원했다.

"오빠, 잘못했어요. 살려 주세요!"

"킁, 크킁, 계집애가 개새끼처럼 물고 지랄이야."

놈은 턱과 어깨를 실룩거리며 팔을 걷어 올렸다. 시뻘건 이빨 자국을 들이대며 눈을 부라렸다.

"이거, 킁, 크, 킁, 어떡할 거야?"

분노를 삭이지 못해 씩씩대던 놈은 이내 내 턱을 집게손가락으로 들어 올리며 말했다.

"크, 킁. 너 내가 시키는 대로 해."

나는 고개를 끄덕였다.

"알았어요. 시키는 대로 할게요. 그것만 삭제해 주세요."

"킁, 내일부터 드리퍼 해. 열 번만. 킁, 그러면 삭제해 줄게."

눈뿌리가 치솟고 이가 갈렸다. 김소율, 꼴좋다. 이 수치와 치욕을 안고 어떻게 살아갈 거야? 차라리 콱, 죽어 버려!

놈에게서 풀려나 밖으로 나오니 햇볕이 환하다.

나는 눈이 녹아 질척이는 거리를 비칠비칠 걸었다. 칼 아저씨, 난 지금 빅뱅 한가운데서 소용돌이치고 있는데, 블랙홀로 빨려가고 있는데 태양은 왜 저리 서럽게 빛날까요?

✵

마약 드리퍼의 첫날이다.

어제는 하늘이 환하더니 오늘은 눈이 내린다. 진짜, 올해는 지겹도록 눈이 내리고 바람도 세차다. 봄, 여름, 가을, 겨울. 그래, 겨울이다. 춥고 매서운 겨울, 내 삶도 지금 겨울이겠지. 이 겨울이 지나면 내게도 봄이 올까?

나, 스터디 카페 가.

눈 내리는 어둑한 길을 걸으며 엄마에게 톡을 보냈다. 엄마는 내 말을 철석같이 믿거나 믿는 척할 것이다. 지금까지 엄마 말 잘 듣고 공부만 파고들던 모범생이었으니까. 위태로운 내 모습을 보며, 엄마는 분명 자기 탓이라고 자책할 것이다.

엄마는 레스토랑 운영으로 늘 바빴다. 아빠는 해외 지사에 나가 있어서 일 년에 한두 번 볼까 말까였다. 엄마와 아빠의 빈자리는 외할아버지가 채워 주었다. 할아버지는 내가 원하는 것은 무엇이든 들어주려 했고, 양평 별장은 온통 나를 위해 마련된 것들로 가득했다. 잔디 마당의 초록색 그네, 옥탑방의 고배율 망원경, 빨간 소파가 있는 다락방, 우주를 감상할 수 있는 커다란 스크린까지. 하나뿐인 외손녀는 할아버지의 가장 큰 기쁨이었다. 할아버지에게 들켜서는 안 된다. 그러려면 엄마부터 속여야 했다.

오피스텔로 향하는 걸음은 천근만근 무거웠다. 땅이 폭삭 꺼지고 싱크홀이 나를 삼켜 땅속으로 사라져 버리면 얼마나 좋을까.

"쿵, 크, 현금으로 받아. 쿵, 목표액이 차면 니, 미국 간다. 쿵, 다 깔끔하게 정리하고. 알았지? 쿵, 잘해 봐."

정리? 그래, 좋다. 그러면 이 악몽도 끝나겠지. 하지만 놈의 얼굴만 떠올려도 살기가 치밀고 분노가 끓어올라 손이 부들거렸다. 저 나쁜 놈, 죽여 버리고 싶다.

수영과 함께 지하철을 타고 초원시민의숲역에 내렸다. 눈발은 점점 굵어졌고 우리는 우산을 펴고 길 찾기 앱을 켰다. 어둑한 도로를 따라 내려가다 접선 장소인 작은 카페로 들어섰다. 탁자가 열 개도 채 안 되는 조그만 공간이었다.

어떤 사람일까?

내가 두리번거리자, 휴대폰을 보던 수영이 가만히 있으라는 눈치를 주었다. 그때 한 남자가 우리 탁자를 톡톡 치고는 밖으로 나갔다.

"야, 어서 일어나."

수영이 내 귀에만 들릴 정도로 낮고 빠르게 말했다. 그러고는 남자를 따라 곧장 밖으로 나갔다. 우리는 그의 뒤를 잰걸음으로 쫓았다.

얼마쯤 앞서가던 남자가 걸음을 멈추자, 수영이 스쳐 지나가며 그의 손에 약을 슬쩍 건넸다. 순식간에 임무가 끝났다. 수영은 곧장 앞으로 뛰었고, 나도 엉겁결에 따라 달렸다.

지하철역 계단 앞에 이르렀을 때에 수영이 숨을 몰아쉬며 멈춰 섰다. 나도 허리를 꺾은 채 헉헉대다가 물었다.

"돈 받았어?"

수영이 가슴을 두드리던 손을 펼쳐 보이자, 오만 원권 지폐 몇 장이 보였다.

"어떻게 그 남자인 줄 알았어?"

"눈이 딱 마주치면 알아. 큭큭, 너 그거 입고 일하면 귀신도 모르겠다."

홍찬우는 나보고 학교 생활복을 입고 가라고 했었다. 그래야 아무도 의심하지 않을 거라고. 나 같은 범생이 얼굴이라면 더더욱.

"약값은 가상 화폐로 받는 거 아니야? 이번엔 왜 현금으로 받으래?"

"여차하면 현금 들고 튀려고 그러는 거지. 요즘 경찰이 마약과의 전쟁인지 뭔지 눈에 불을 켜고 있거든. 잡히면 바로 빵 가는 거야."

"빵?"

"감방 말이야. 그것도 모르냐."

수영이 피식 웃었다.

"홍찬우, 진짜 미국 간대?"

"가긴 뭘 가. 그 새끼 말 믿지 마. 텔레그램이랑 다크웹에 약을 쫙 깔아 놨는데 어딜 가?"

정수영도 홍찬우에게 악감정이 있구나.

"너, 홍찬우랑 사귀는 거 아니었어?"

"뭐? 내가 그 미친놈이랑 왜 사귀어. 나 남자 친구 있어. 홍찬민. 중2 때부터 쭉."

"진짜?"

"찬민이는 몰라. 내가 자기 형이랑 어울리는 거. 형제지만 엄마가 달라. 서로 관심도 없고. 나도 찬민이한테 홍찬우 얘기는 안 해."

"너, 홍찬우랑 둘이 있으면 겁 안 나?"

혹시 정수영도 나처럼 당하진 않았는지 슬쩍 떠봤다.

"야, 내가 그 새끼랑 왜 둘이 있어. 그 밑에서 알바하는 애들 엄청 많아. 난 애들 있을 때만 오피스텔에 가. 홍찬우, 절대 믿으면 안 돼.”

순간, 속에서 화가 치밀어 올랐다.

“미친놈? 미친놈인 줄 알면서 날 데려간 거야? 친구라면서 어떻게…….”

어느새 나는 수영의 머리채를 잡고 있었다.

“어어, 야. 이거 놔! 놓고 말해!”

수영이 발버둥을 치며 소리쳤다. 지나가던 아줌마가 다가와 우리를 떼어 놓았다. 수영은 주저앉아 울었고, 나는 씩씩대며 지하철 계단을 내려갔다.

그러다 정신이 번쩍 들었다. 정수영을 두고 가면 홍찬우가 가만있지 않을 거야. 다시 올라가야 하나 망설이며 개찰구 앞에서 서성였다. 그때, 수영이 계단을 내려왔다.

안도의 한숨이 나왔지만 나는 그 애를 노려보았다. 수영도 나를 노려보며 소리쳤다.

“야, 나만 잘못했냐? 너도 잘못했잖아. 왜 다시 찾아오고 지랄이야. 나는 뭐 좋아서 이러고 있는 줄 알아? 돈 때문에……. 씨, 나도 너 보면 힘들다고.”

그래, 가자. 일단 이 일을 끝내고 다시 이야기하자. 나는 마음을 다스리며 지하철을 탔다.

지하철 서너 정거장을 못 가서 또 금단 현상이 나타났다. 입이 마르고 손이 떨렸다. 처음에는 꽤 오랫동안 약발이 유지되었는데 이제 하루에 한 번꼴로 꼭 약을 해야 했다. 그렇지 않으면 갑자기

끝없는 지하로 떨어진 듯 우울해지면서 가슴이 조여 왔다.

지하철에서 내리자마자 화장실로 향했다. 수영도 비척비척 따라왔다. 변기에 앉아서 팔에 바늘을 찔러 넣었다. 투명한 액체가 서서히 혈관을 타고 들어갔다. 금방 생기가 돌았다.

칼 아저씨, 인간이 소우주라고요? 소우주가 뭐 이렇게 허접한가요. 요 쥐 오줌만큼 적은 마약이 소우주에 지각 변동을 일으키고 있는데, 이렇게 나약한 소우주가 있어요? 내가 언젠가는 아저씨의 『코스모스』를 갈아엎고 다시 쓸 거예요. 마약 주사 한 방에 훅 가는 불완전한 인간은 절대 소우주라고 불러선 안 된다고요.

그날 이후로 서울 시내를 헤매고 다녔다.

"오빠, 오늘이 여섯 번째예요. 열 번, 약속 꼭 지켜요."

나는 오피스텔을 나올 때마다 놈에게 다짐을 두었다.

"킁, 알았어. 크, 너 오늘까지만 둘이 갔다 와. 내일부터는 너 혼자 해."

그렇지 않아도 수영과 같이 다니는 게 싫었는데 잘됐다. 홍찬우 앞에서는 아무렇지 않은 척했지만, 둘이 있을 때는 냉랭한 찬 바람뿐이었다. 꼴에 자존심은 있어서인지 정수영은 끝내 미안하다고 말하지 않았다.

다음 날, 나 혼자의 단독 드리퍼. 떨리고 긴장되었다. 홍찬우가 준 물건을 챙겨 영지역으로 가는 지하철을 탔다. 퇴근 시간, 말로만 듣던 지옥철을 경험했다. 전봇대처럼 촘촘히 서서, 앞사람 뒤

통수만 바라보는데 숨이 막혔다. 많은 사람이 아침저녁으로 이 좁은 공간에서 숨을 쉬고 서로의 체취를 맡으며 살아가고 있었다니 놀라웠다.

영지역에서 내려 앱이 가리키는 곳에서 마을버스를 탔다. 버스가 힘겹게 올라가는 언덕을 따라 우뚝 솟은 아파트가 이어져 있었다. 아파트 뒤쪽 상가에 있는 커피숍으로 향했다. 내가 들어서는 것을 보고 턱수염이 더부룩한 남자가 빠르게 지나가며 말했다.

"따라와."

나는 잔뜩 웅크린 채 남자 뒤를 쫓았다. 남자는 아파트 쪽문을 지나가더니 가로등 불빛이 희미하게 비치는 나무 밑에서 멈춰 섰다.

"닉네임이?"

"오리온 공칠."

내가 묻자 남자가 대답했다. 돈을 받고 약을 건넸다. 짧은 순간 나를 훑는 남자의 눈길에 재빨리 돌아서는데 남자가 뒤에서 내 허리를 꽉 안았다.

"아악, 이거 놔요!"

악을 쓰며 버둥거렸지만 남자의 거친 입술이 촉수처럼 내 목덜미를 더듬으며 두 팔을 조여 왔다.

"가만히 있어, 경찰에 신고하기 전에."

음침한 목소리와 함께 손이 가슴께로 올라왔다.

"악, 살려 줘요. 살려 줘요!"

죽을힘을 다해 소리쳤다. 어디선가 발걸음 소리가 나자, 남자가 나를 밀치고 달아났다. 더러워, 더러워. 남자의 침이 묻은 목덜미를 닦으며 뛰었다. 버스 탈 생각도 못 하고 눈길을 걸어 내려오며 하염없이 울었다. 말로 할 수 있는 온갖 저주를 퍼부었다. 다 망해 버려라. 우주도 지구도 별들도 다 꺼져라. 이 더러운 흔적을 어떻게 지워야 할까? 홍찬우, 이 세상의 개 같은 놈들을 전부 맹수에게 던져 주고 나도 죽어 버렸으면 좋겠다.

✳

형사의 얼굴에 피곤한 기색이 역력하다.

"드리퍼 일은 열 번으로 끝난 거야? 홍찬우가 순순히 놓아주진 않았을 것 같은데."

형사의 말에 가슴이 부르르 떨리고 눈물이 핑 돌았다.

맞다, 놈은 순순히 놔주지 않았다. 애딩초 놈의 말을 믿은 내가 바보였다.

"오빠. 오늘 열 번, 마지막이에요."

"큿. 알았어, 잘 갔다 와."

"약속 꼭 지켜야 해요."

"알았다니까."

다행히 마지막 날은 가까운 데 있는 카페였다. 구매자를 만난 곳은 주로 카페였고 약을 사는 사람도 대개 평범한 사람들이다.

그렇게 평범한 얼굴을 하고 마약의 마수에 걸려들어 헤어나지 못하고 있는 것이 안타까웠다. 나도 그중 하나이고.

우수동 카페는 넓고 심플했다. 입구에 있는 탁자에 앉으려는데 고개를 들던 한 애와 눈이 마주쳤다. 그 애가 먼저 내 이름을 불렀다.

"어, 김소율."

검은 뿔테에 두꺼운 렌즈, 수학 천재 홍찬민이었다. 학교에서 오다가다 마주친 적은 있지만 우리는 전혀 친하지 않았다. 나는 생활복을 입고 있는 게 창피해 데면데면 인사만 하고, 멀찍이 떨어져 기둥 뒤에 앉았다.

잠시 후, 숏커트를 한 여자가 내 앞에 앉았다. 짧은 치마에 롱부츠, 뽀글이 점퍼가 잘 어울렸다.

"나, 웬디예요. 이거 마셔요. 달콤한 이 카페 시그니처, 라테."

이런 사람은 처음이었다. 보통은 드리퍼를 무시하는데 음료까지 사 주며 친절을 베풀다니. 대학생일까, 직장인일까. 여자는 다리를 꼬고 앉아 나를 빤히 바라보다 말했다.

"너, 참 대담하다. 여기 CCTV도 있는데. 고등학생? 미안, 미안. 나 널 보니 마음이 좀 그래. 나도 이렇게 사는 게 힘들어 죽겠는데, 너는 아직 어린데 얼마나 힘들까."

그녀는 자연스럽게 이야기를 이어 가며 슬쩍 내 손에 돈을 쥐여 주었다. 나도 재빨리 물건을 건넸다.

"너, 이런 일 하지 마. 공부해서 잘 살아갈 수 있다고."

누가 누구에게 충고를, 그리고 오늘이 끝인데. 자존심이 상해

급히 일어났다. 카페를 나오면서 보니, 언제 왔는지 정수영이 홍찬민과 나란히 앉아 있었다. 입안 가득 쓴맛이 퍼졌다.

오피스텔 문을 열자, 탁한 공기가 훅 끼쳤다. 탁자에 과자와 음료수, 주사기가 널려 있는 걸 보니 꽤 여러 명이 있었던 모양이다.

"킁, 어서 와."

홍찬우가 실실거리며 손짓했다.

"오빠, 열 번 끝났어요. 이제 삭제해 줘요."

"크, 킁. 김소율, 너 약 없이 살 수 있겠어?"

"됐어요, 빨리 영상이나 삭제해 줘요."

"킁, 흐. 이거 새로 들어온 건데 킁, 죽여. 킁, 난 더블로 했어."

놈이 주사기를 흔들었지만 나는 놈의 휴대폰에만 신경이 갔다. 이 인간이 약속을 지키지 않으면 어떻게 하지? 생각만 해도 두려웠다. 잠시 생각을 정리한 후, 성큼 다가서며 헤벌쭉 웃었다.

"나도 야 할래."

나는 탁자에 있는 주사기 중에 하나를 집어 들고 팔을 걷었다.

"킁, 계집애가 전사가 됐네."

내가 팔에 주삿바늘을 꽂는 것을 보며 놈이 낄낄댔다. 그래, 웃어라. 네가 삭제하지 않는다면 내가 삭제하고 말 테다. 나는 약에 취한 듯 비스듬히 소파에 누웠다. 놈이 슬금슬금 내 옆으로 다가왔다. 나는 힘껏 놈의 가슴을 밀어내며 일어났다.

"킁, 크, 너도 좋으면서 왜 그래?"

그의 벌건 눈알에 소름이 끼쳤다.

"잠깐, 나 화장실 좀."

내가 화장실로 걸어가자, 놈이 소파에 두 발을 걸치고 누웠다. 저 악마를 어떻게 죽일까, 아니 죽이기 전에 휴대폰부터 처리해야 한다. 여러 시나리오를 생각하다가 문을 살짝 열고 내다보니 놈이 죽은 듯이 누워 있었다.

살금살금 다가갔다. 놈의 옆에 있던 휴대폰을 들고 다시 뒷걸음질 쳤다. 됐다, 화장실 문을 잠그고 재빨리 휴대폰 유심을 꺼내 변기 안에 버렸다. 열려 있는 창문으로 휴대폰을 던졌다.

"야, 큿, 너 뭐 해, 빨리 나와."

서둘러 변기 물을 내린 후, 시침을 떼고 밖으로 나왔다. 놈이 번들거리는 눈으로 나를 바라보았다. 문만 열고 나가면 끝이다. 침착하게 문 쪽으로 다가갔다. 놈이 벌떡 일어나며 소리쳤다.

"너, 크, 내 휴대폰, 큿, 휴대폰 어디 있어?"

부리나케 뛰어가 현관 문손잡이를 잡았다. 하지만 놈이 빨랐다. 결국 머리채가 잡혀 끌려 들어왔다. 버둥대다가 또 놈의 손등을 꽉 깨물었다.

"악. 이게 큿!"

사정없이 주먹과 발길질이 날아왔다. 나도 닥치는 대로 치고받으며 대들었다. 내가 지쳐 쓰러지자 놈이 거칠게 숨을 몰아쉬었다. 내 가방을 거꾸로 쏟더니 발로 흩었다. 나는 화끈거리는 머리통을 부여잡고 입안에 고이는 찝찔한 피 맛을 느끼며 눈을 감았다.

"킁, 내 크, 휴대폰 어딨어? 아, 킁, 돌아 버리겠네."

놈이 화장실 문을 열고 들어갔다 나오더니 급히 신발을 꿰었다. 창문으로 던진 휴대폰을 발견한 모양이다.

"킁, 너, 꼼짝 말고 있어. 크, 도망치면 죽여 버린다."

놈이 씩씩대며 뛰어나갔다. 기회는 지금밖에 없다. 앞뒤 볼 것 없이 문을 열고 비상계단을 향해 뛰었다. 1층까지 어떻게 내려왔는지, 오피스텔 정문을 빠져나와 어디를 향해 뛰고 있는지 아무것도 몰랐다.

잡히면 죽는다, 잡히면 끝이라는 생각뿐이었다. 얼마나 뛰었을까, 가슴을 움켜쥐고 꼬꾸라지면서 정신을 차려 보니 길 건너편으로 교보빌딩이 보였다. 지나가는 사람들이 나를 보고 놀라서 피해 갔다. 풀어헤친 머리칼에 피투성이 얼굴, 신발도 신지 않은 맨발, 미친년이 따로 없었다. 나도 사람들을 피해 다시 뛰었다. 간신히 집에 도착했을 때에야 살았다는 생각이 들었다. 그제야 승리의 웃음이 나왔다. 홍찬우, 미친놈아, 내가 주사를 찌른 줄 알았지, 그건 빈 주사기였다고.

그날 밤, 나는 온몸이 쑤시는 고통에도 불구하고 오랜만에 죽음보다 깊은 잠에 빠져들었다.

※

저녁 7시, 피의자 심문이 끝났다.

"수고했어."

형사가 목덜미에 손을 대고 고개를 젖히며 눈을 감았다. 그럼, 이제 모든 게 다 끝난 거예요? 묻고 싶었지만, 형사의 피곤한 얼굴을 보며 나도 눈을 감았다.

"어, 정수영 체포했네."

휴대폰을 들여다보던 형사의 말에 눈을 번쩍 떴다.

"그 애 집 앞에 형사들이 잠복해 있었으니까. 고맙다. 홍찬민한테 물어보면 될 거라는 네 말이 도움이 된 것 같은데."

사라진 정수영이 홍찬민하고는 연락할 것 같았다. 정수영은 홍찬민을 정말로 좋아하고 반듯한 모범생인 홍찬민을 동경하는 것도 같았다. 홍찬민은 형사들이 부탁하자 정수영에게 전화했을 것이고, 정수영은 전화를 받고 달려 나왔을 것이다. 정수영, 다신 너 같은 친구가 없었으면 좋겠다. 너 때문에 들어온 지옥, 난 반드시 빠져나오고 말 테지만 너도 빨리 정신 차리면 좋겠다.

"소율아, 아저씨도 너만 한 딸이 있어. 널 보면서 마음이 아팠다. 넌 초범이고, 협조도 잘했고, 약을 끊으려고 노력했으니, 검사님과 판사님이 선처해 주실 거야. 우리 다신 이런 곳에서 만나지 말자."

형사가 나를 바라보며 조용히 말했다.

맞아요. 칼 아저씨가 그랬어요. 언젠가 핵융합로가 만들어지는 날이 오면, 광속으로 우주를 여행할 수 있다고. 그런데 그 공간 여행은 과거로는 갈 수 없고 미래로만 갈 수 있대요. 정말 다행이죠.

전, 지난 세 달의 시간으로는 절대로 돌아가지 않을 거예요.

"소율아, 잘 가."

내 이름을 다정히 부르며 형사가 손을 내밀었다.

"예. 고맙습니다."

나도 깊이 인사하며 형사의 손을 잡았다.

나는 마약 사범 구치소로 가는 호송차에 오르는 중이다. 저 멀리 함박눈 속에 엄마가 서 있다.

엄마, 미안해!

나는 울지 않으려고 입술을 깨물며 돌아섰다. 교도관이 지정해 주는 좌석에 앉아 철창 밖을 내다보았다. 흩날리는 눈송이에 차창이 온통 뿌옇다. 저 눈이 쌓이면 모든 것이 눈 속으로 사라지겠지. 수갑 찬 두 손으로 유리창에 글씨를 썼다.

사 라 진 다!

이제 겨울이 지나면 따뜻한 새봄이 온다. 그때, 나는 이 겨울의 혹독한 아픔을 말끔히 씻어 내고 다시 웃을 것이다. 가끔 고통의 흔적은 생각나겠지만.

칼 아저씨, 내 삶의 코스모스는 아직 유효한 거죠? 그렇다면 이 소우주, 나 김소율은 아저씨를 믿고 계속 꿈을 향해 나가 볼게요.

어느새, 차창에 눈이 하얗게 쌓이기 시작했다.

친구야,

소율이가 마약을 했대.

소율이는 정말 몰랐어. 친구가 준 작은 사탕 몇 알이 자기 인생을 이렇게 짓이겨 놓을 거라는 걸.

외로울 때 잠깐 만난 친구가 빨간 사탕을 내밀었고,

호기심으로 '한 번쯤은 괜찮겠지' 방심하는 사이에 헬게이트가 열린 거야.

결국 소율이는 경찰에 체포되어 유치장에 갇혔고,

단약의 고통을 겪으며 소년원으로 갈 수밖에 없었지.

소율이는 그 아픈 시간들을 통과하면서 얼마나 마음이 무너졌을까.

나는 이 이야기를 쓰기 위해 마약을 경험한 사람들의 기록을 읽고, 영상 자료를 찾아보고, 치료 중인 사람들을 만나 보기도 했어.

그 과정에서 마약이 한 사람의 삶을 얼마나 잔혹하게 부서뜨리는지 알게 되었어.

그런데, 친구야.

정말 안타까운 것은 마약을 하게 된 이유야.

살면서 겪는 어떤 큰 상처나 깊은 절망 때문에 마약에 빠지는 것이 아니었어.

평범했던 소율이처럼 어느 날 찾아온 두통이나 외로움,
입시에 대한 두려움 같은 것들이 마음의 작은 틈새를 만들면
그 틈새로 생각지도 못할 때 슬그머니 유혹이 파고드는 거야.
그래서 우리는 평소에 마음을 잘 다잡고, 늘 조심해야 할 것 같아.
혹시라도 잠깐의 실수로 헬게이트에 들어간 친구가 있다면
강한 의지를 가지고 다시 빛을 향해 걸어 나오길 간절히 바랄게.
소율이가 마약에서 빠져나오기 위해 몸부림친 것처럼
부디 용기를 갖고 그곳에서 나오길 진심으로 응원할게.

소율이의 「헬게이트」 이야기가
마음의 틈새를 메우며 살아가는 친구들에게
이미 들어갔지만 그 문에서 나오려고 애쓰는 친구들에게
그리고 소율이처럼 따뜻한 봄빛을 기다리는 모든 마음들에게
작은 불씨가 되기를 기도할게.

이 작품을 쓰는 동안 따뜻한 손길로 품어 주신 예버덩문학의집에
깊이 감사드립니다.

이옥수
청소년들을 '장단이 없어도 노래하고 춤추며, 어둠 속에서도 빛을 내는 찬란한 이들'이라고 생각한
다. 『푸른 사다리』 『키싱 마이 라이프』 『괜찮아, 해피엔딩이야』 등 다수의 청소년소설집을 냈다. 사
계절문학상 대상을 받았으며, 중등 교과서에 수록된 작품이 있다.

마약탈출방 ZERO

| 박진규 |

2020년부터 2021년까지 XX 지역 청소년들이 펜타닐 패치의 마약 성분을 흡입하는 사건이 일어났어요. 펜타닐 패치는 아편 계열의 마약성 진통제로 말기 암 환자나 복합 부위 통증 증후군 환자의 통증 완화를 위해 피부에 부착하는 마약성 의약품이에요.

이것을 악용하여 친구들 4~5명이 몰려다니며 공원이나 상가 화장실에서 펜타닐 패치에 들어 있는 마약 성분을 흡입하다 발각된 겁니다. (중략) 이 사건을 보면서 정말 청소년들에게 마약 중독 예방 교육이 중요하다는 생각이 다시금 들었죠.

『수사연구』폴리스라이프
경남경찰청 마약수사계 계장 인터뷰 중 발췌

놀이동산

마약탈출방 ZERO는 폐쇄된 놀이동산에 있었다. 놀이동산답게 알록달록 화려했지만 정작 놀이기구는 멈춰 있는 곳이었다. 놀이동산에서 가장 눈길을 끄는 롤러코스터가 가장 먼저 철거됐고, 그 자리에 컨테이너 건물 여러 채가 들어섰다. 그곳이 바로 마약탈출방 ZERO였다.

ZERO는 AI를 이용해 해외에서 개발한 마약 재활 및 예방 교육 프로그램이었고, 현재 한국어 버전을 시험 운행 중이었다.

마약탈출방 ZERO에 오신 여러분, 환영합니다.

마약탈출방 ZERO는 마약 예방과 재활을 위한

신개념 AI 기능을 탑재한 마약 예방, 재활 교육 센터입니다.

민지와 보라는 폐쇄된 놀이동산으로 들어와 휴대폰으로 사진을 찍다가 마약탈출방 ZERO 앞에 도착했다.

"뭐야, 방치된 놀이동산하고는 느낌이 다르잖아?"

보라는 ZERO라는 글자가 박힌 컨테이너 건물들을 바라보며 말했다.

운행은 멈췄지만 놀이동산 안에는 범퍼카, 회전목마, 바이킹 등 놀이기구들이 많았다. 하지만 ZERO 건물은 무너진 건물 무더기처럼 무언가 으스스했다. 여러 동의 컨테이너 건물이 또아리를 튼 뱀들처럼 서로 뒤엉킨 기괴한 형상이었다.

"뭔가 기분 나쁜 건물인데."

민지가 미간을 찌푸렸다.

"또 또, 여민지 예민해지네. 우린 마약 예방 교육을 받으러 온 게 아니라 놀러 온 거라고. 그러니까 자, 포즈."

보라와 민지는 함께 ZERO 앞에서 사진을 찍었다.

그랬다. 이 폐쇄된 놀이동산은 SNS에서 화제였다. 폐쇄되었지만 관리가 허술해 몰래 담을 넘고 들어와서 사진을 찍는 곳. 멀리 도시의 불빛이 폐쇄된 놀이동산 특유의 분위기를 살려 줘서 젊은 이들의 사진 명소가 되었다. 젊은이들이 많이 찾기 때문인지, 이곳에 마약탈출방 ZERO가 생겼고, ZERO의 마약 예방 교육을 신청하면 당당하게 이 놀이동산에 들어올 수 있었다.

민지와 보라는 휴대폰으로 내려받은 ZERO 큐알을 출입문에 대고 잠금장치를 열어 당당하게 입장했다. 그리고 이 큐알로 지금은 마약탈출방 ZERO의 컨테이너 건물 안으로 들어가려는 참이었다.

"민지야, 우리 학교 애들도 마주칠까?"

"글쎄, 인기 장소니까 만날 수도. 하지만 방 탈출 콘셉트면 사람을 많이 못 받을 수도 있지."

"으, 난 무서운 건 싫은데. 방에서 무서운 게 나오면 어떡하지? 우리 그냥 갈까?"

보라는 여기까지 와서 들어서기를 꺼려했다.

"여기 인증 받으면 상점을 받을지도. 겁먹지 마, 말만 마약탈출 방이지 따분한 예방 교육이나 듣다 나올 거야."

민지가 ZERO를 바라보며 시큰둥한 표정을 지었다.

민지는 명소인 놀이동산이 궁금했을 뿐 마약에는 관심이 없었다. 담을 넘을 수는 없었고, 생기부 기재를 위해서 마약탈출방 ZERO를 신청했다. ZERO의 출입문에 큐알을 댔다. 놀이동산의 잠금장치가 열린 것처럼 ZERO의 출입구도 간단히 열렸다.

보라 앞에서 당당했던 민지도 막상 안으로 들어가려니 뭔가 두려웠다.

'ZERO 건물이 으스스해서겠지.'

마약탈출방 ZERO의 문이 열렸다. 안에 들어서자마자 민지는 왜 자기가 불안했는지 알 수 있었다. 악연이 거기 있을 줄이야.

ZERO 탈출 멤버

"어, 여민지?"

ZERO의 로비로 들어섰더니 덩치 큰 남자가 방실방실 웃고 있었다. 한때 민지는 저 미소를 좋아했었다. 민지의 흑역사, 남자 친구였던 정태규를 여기서 보다니. 민지는 바로 탈출하고 싶었다.

중학교 때 사귄 정태규와는 딱 일주일만 좋았다. 학교의 인기 남과 사귀는 폼 나는 연애는 하품만 나오는 지루한 연애였다. 태규는 대화다운 대화를 나눌 수 없는 아이였다. 잘생긴 외모와 달리 머리는 빈 깡통 같았다. 게다가 민지는 3학년 선배 언니에게 끌려가기까지 했다. 여민지가 정태규에게 꼬리를 쳤다나 뭐라나. 여민지 인생에서 있을 수 없는 일이었다. 정태규 때문에 누군가에게 머리를 숙이다니, 생각만 해도 헛웃음이 나오고 자존심이 상했다.

"왜? 아는 애야? 저 생활복, 우리 동네 남고 같은데?"

보라가 민지의 옆구리를 툭 치며 물었다.

"중학교 동창."

민지는 정태규의 눈길을 피해 옆에 있는 남자애를 살폈다. 실없이 웃는 정태규와 달리 그 아이는 좀 어두워 보였다. 정태규가 한여름에 왈왈 짖는 강아지 같다면, 그 애는 한겨울에 오들오들 떠는 길고양이 같았다. 뭔가 눈치를 보는 기색이었다. 민지를 알아본 정태규가 앞으로 성큼 다가왔다. 명랑한 보라가 먼저 인사를 건넸다.

"안녕, 나는 민지 친구 보라야. 민지하고 중학교 동창이라며?"

"응. 중학교 동창이기만 한 건 아니고."

민지가 한숨을 푹 내쉬었다.

"정태규, 오랜만에 보는데 1절만 하자."

태규도 중학교 때보다는 눈치가 생겼는지 고개를 끄덕였다. 그러고서 멀찍이 떨어져 있는 친구에게 되돌아갔다. 그때 ZERO의 출입문이 열리고 또 한 명이 들어왔다.

민지와 보라의 표정이 동시에 굳었다. 같은 반 다영이였다.

"뭐냐? 쟤도 여기 왔네."

보라가 작은 소리로 민지에게 소곤거렸다.

뚱뚱한 다영은 반에서 겉도는 아이였다. 태생이 아싸인지 누가 말을 걸어도 대답을 잘 하지 않았다. 그런 다영이가 여름 방학이 끝나고 개학 때 살을 쫙 빼고 나타났다. 그 모습을 보고 다들 수군거렸다. 반 아이들처럼 민지와 보라도 다영이에게 다이어트 비법을 물어봤었다.

"뭐, 그냥."

이 한마디로 다영은 민지와 보라를 내쫓았다. 그렇게 며칠이 흘렀고 이윽고 교실에는 다영이가 다이어트 약을 먹고 살을 뺐다는 소문이 퍼졌다. 학교에서 마약 교육을 할 때 다이어트 약 중에 마약 성분이 있어서 의사의 처방 없이 과도하게 복용하면 중독의 위험성이 있다는 교육을 들은 뒤였다.

"아, 너 왜 여기 왔는지 알겠다."

민지가 빈정대는 투로 말했다.

"너희랑 같은 이유겠지?"

무표정한 얼굴로 다영이 받아쳤다.

"우린 마약하고는 상관없어. 그냥 놀이동산 때문에 온 거라고."

보라가 얼굴을 붉히며 대답했다.

"그래? 나는 관심이 좀 있어서 왔어."

다영이 말하고선 민지와 보라를 지나쳐 갔다.

"진짜로 다이어트 약에 중독됐나 봐."

민지가 보라 귀에 소곤거렸다. 보라도 동의하듯 고개를 끄덕였다. 그때 ZERO의 로비에서 안내 방송이 흘러나왔다.

공보라, 여민지, 주다엽, 정태규, 정태민.
오늘의 첫 회 체험자 모두 입실 완료!
이제 곧 ZERO 프로그램이 시작됩니다.
체험자들은 탈출방 프로그램을 잘 따라 주십시오.

갑자기 사이렌 소리가 들리더니 천장이 열리고 고글이 장착된 헬멧이 내려왔다. 아이들은 안내 방송에 따라 헬멧을 머리에 썼다. 태규 옆에 있는 태민이는 주저주저했다.

"정태민, 왜 안 써? 빨리 써."

태규의 재촉에 태민이의 손이 떨렸다.

고글 헬멧을 쓴 아이들이 태민이를 바라보았다.

"난 안 쓰고 싶은데……."

태규에게만 속삭였지만 보라가 헬멧을 붙잡더니 말했다.

"나도 벗을래. 무서운 거 나오면 어떡해."

하지만 헬멧을 벗으려고 애써도 벗겨지지 않았다.

"이거 잠겼나 봐. 어떻게 벗지?"

몇 번이나 헬멧을 벗어 보려고 했던 보라가 울상이 되어 물었다.

"내 생각에 ZERO 탈출방 체험이 끝나면 잠금장치가 풀리는 것 같아. 우리도 다 썼으니까 걱정하지 마."

민지가 보라에게 말하며 태민이를 바라보았다. 헬멧을 쓴 보라와 태규의 재촉에 태민이도 할 수 없이 헬멧을 썼다. 아이들에게 피해는 주기 싫었기 때문이다.

"정태민, 렛츠 고!"

"어……."

사실 태민이는 서울로 전학 오기 전에 펜타닐을 한 번 흡입한 적이 있다. 사촌인 태규가 서울 적응 및 방 탈출 게임이라면서 데리고 왔지만, 와서 보니 마약탈출방이라는 마약 예방 프로그램이었다. 정말 내키지 않는 곳이었다.

태민이까지 고글을 쓰자 헬멧에 장착된 스피커를 통해 ZERO의 목소리가 들렸다. 중년 남자의 낮은 음성이었다.

여러분, 입장을 환영한다.

나는 ZERO를 개발한 존 스타인 박사이며

내 목소리는 세계 각국의 언어로 번역된다.

마약탈출방 ZERO는 미국 실리콘밸리와 DEA 미국 마약단속국의

기술 합작으로 만든 신기술 마약 예방 교육 및 재활 시설이다.

현재는 최종 테스트 기간 중이다.

마약탈출방 ZERO로 마약이 얼마나 무서운 것인지 알았으면 한다.

체험 후기 부탁한다.

"저 말투 진심 기분 나쁘네."

태규의 투덜거림에 보라가 호응했다.

"요즘은 AI도 꼰대 짓부터 배우나 봐."

곧 로비의 문이 열리고 작은 소극장이 나타났다. 다섯 명의 아이들은 소극장 안으로 들어섰다.

여러분은 이제 ZERO 프로그램에 참여하게 됐다.

ZERO 프로그램은 두 가지로 일반인과 투약자 대상이다.

여러분은 일반인 프로그램으로 재활 프로그램은 패스한다.

그럼 모두 극장 의자에 앉기를 바란다.

아이들이 자리에 앉자 대형 스크린에서 영상이 시작됐다.

"안녕하세요? 학생 여러분! 나는 마약 예방 담당관입니다."

보라가 민지에게 속삭였다.

"학교에서 들은 마약 강사의 말을 여기서 또 듣게 생긴 듯."

"그러게. 뻔한 말이겠네."

스크린에서는 마약 예방관이 마약 하나하나를 보이며 설명을 이어 갔다. 필로폰과 코카인 같은 과거의 마약부터 펜타닐, 액상 대마 같은 신종 마약을 보여 주며 마약 종류가 나날이 늘고 있다고 설명했다. 마약 종류는 늘었지만 어떤 마약이든 결론은 같다. 마약은 짧은 순간 쾌락을 주지만 중독되면 일상으로는 돌아갈 수 없다는 것.

"학생들 사이에 퍼졌던 펜타닐은 아주 위험합니다. 말기 암 환자에게 사용하는 강한 진통제인 만큼, 펜타닐에 중독되면 사람이 통증을 느끼는 신경이 망가집니다. 그러면 약을 끊을 수가 없어요. 약을 끊으면 온몸이 찢어지는 고통이 느껴지니까요."

보라가 민지에게 나직이 속삭였다.

"펜타닐이 저런 거야? 학교에서 받은 교육이랑은 다른데."

"학교에서도 똑같이 말했어. 극장이라 집중도가 다를 뿐이지."

"마약 교육 같은 건 왜 하냐면서 민지 너, 다 듣고 있었구나."

"교육 끝나고 테스트할까 봐."

보라가 민지에게 엄지 척을 해 보였다. 그때 다영이가 무심한 말투로 투덜거렸다.

"유튜브만 봐도 알 수 있는 거네. 이런 걸 기대한 게 아닌데."

뒷좌석에 앉아 있던 태규도 지루한지 하품을 했다. 스크린의 영상이 계속 이어졌다.

"불법 거래되는 것만 마약인 건 아닙니다. 시중에 유통되는 진통제, 다이어트 약, ADHD 치료제에도 마약 성분이 포함되어 있죠. 그래서 의사의 처방 없이 복용하면 안 됩니다. 마약 성분이 있는 건 중독의 위험이 있으니까요."

민지와 보라는 설명을 들으면서 저절로 다영이를 힐끔거렸다.

"그 오빠도 약 때문인가. 너, 상우 오빠 알지? 공부 잘한다고 소문난 3학년 오빠."

다영을 힐끗 본 보라가 민지에게 말했다.

"미국으로 공부하러 간다고 자퇴한?"

민지가 눈을 반짝이며 물었다.

"그래, 그 오빠 실은 한국에 있대."

"그럼, 정시 집중하려고 자퇴한 건가?"

"아니, ADHD 약을 시험 때마다 복용하다가 지금 치료 중이래."

영상에는 몰골이 초췌하고, 몸을 제대로 가누지 못하는 마약 중독자들의 모습이 비춰졌다. 중독자들의 모습이 상우 오빠의 모습과 겹쳐지면서 민지는 얼굴이 찌푸려졌다. 어느 순간 초췌한 마약 중독자들이 화면 밖의 관객들을 빤히 보고 있는 듯했다.

"나약한 사람들."

민지의 혼잣말과 동시에 영상이 끝났다.

"뭐야? 이렇게 시시하게 끝나는 거야?"

정태규의 실망한 목소리가 들리자마자 어두운 극장의 천장에서 작은 별들이 총총총 떠올랐다. 곧 팝콘 터지듯 강렬한 빛들이 쏟아지며 극장의 반대편 문이 열렸다. 문 너머에는 화려한 조명 빛과 함께 신나는 음악이 흘러나왔다.

피터의 파티룸

파티 피플!

여러분, 나는 ZERO의 새로운 목소리, 빨간 머리 피터입니다.

여러분을 피터의 파티룸에 초대합니다.

　　　　　　　　　　　마약탈출방 ZERO | 박진규

아이들이 쓴 헬멧의 스피커에서 ZERO의 목소리가 들려왔다. 아까의 중년 남자 목소리가 아닌 20대 청년의 목소리였다.

피터의 파티룸에는 분장한 사람들이 가득했다. 얼굴에는 가면을 쓰고 손에는 잔을 든 사람들이 춤을 추고 있었다. 다른 세계로 가는 문 같았다.

민지와 보라는 머뭇거렸다. 다영이는 흥미로운 듯 파티룸으로 발을 옮겼다.

"와! 클럽이야? 놀자!"

태규도 신나서 파티룸으로 들어갔다.

민지는 머뭇거리는 태민이를 보며 물었다.

"넌 안 들어가?"

"그러게, 친구치고 둘이 잘 안 맞는 듯."

보라의 말에 태민이 멋쩍게 머리를 긁적였다.

"태규랑은 사촌 사이야. 난 서울로 전학 온 지 얼마 안 되었고."

"그래서 그렇게 눈치 보고 있구나."

"내가?"

태민이는 민지의 말에 화들짝 놀랐다.

"우리도 얼른 들어가자. 재밌을 것 같아. 우리가 언제 또 저런 델 가 보겠어."

보라가 민지와 태민이를 번갈아 보며 물었다.

"저거 가짜야. 우리가 고글로 보는 허상일 뿐이라고."

똑부러지는 민지의 대답에 보라가 말했다.

"에휴, 알아. 가상 프로그램이겠지. 그래서 위험 없이 더 재밌게 놀 수 있지 않을까? 응, 얼른 들어가자."

"마약을 먹어 보라고 해도?"

태민이가 작은 소리로 물었다.

그 소리를 들은 민지와 보라가 멈칫했다.

"뭐, 여긴 다 가짜잖아. 마약을 준다고 해도 가짜 아니겠어?"

민지는 좀 전까지만 해도 겁내던 보라가 활기에 넘치는 걸 보니 기분이 이상했다. 가짜인 것을 알면서도 춤추며 노는 사람들의 황홀한 모습에 저절로 빠져들 것 같았다. 머리로는 허상인 걸 알지만, 마음을 홀리는 게 마약일지도 모른다는 생각이 들기도 했다.

'가짜 감정을 진짜처럼 느끼게 한다?'

민지는 알 수 없는 모험심이 생겼고, 여기는 마약 예방과 재활 치료를 위한 곳이니 위험하지는 않을 거라는 판단이 섰다.

"그래, 가자."

민지는 보라의 팔짱을 끼고 파티룸으로 향했다.

태민이는 극장에 혼자 남았다. 사람들이 몰려 있는 곳이나 파티 같은 데는 흥미 없었다. 태민이는 여럿이 어울리는 것보다 혼자 있는 게 더 편했다. 하지만 집 밖의 세상에서 혼자 있으려는 아이는 대체로 대접받지 못했다.

'조용히 편하게 쉬고 싶다.'

태민이는 펜타닐의 느낌을 떠올리는 자신에게 깜짝 놀랐다. 이런 현상이 처음은 아니었다.

'설마, 그때 한 번뿐인데……'

태민은 자신이 펜타닐 중독자라고는 생각하지 않았다. 그때로 돌아가서 다시 펜타닐을 하고 싶은 마음은 없으니까. 하지만 펜타닐을 하고 난 후의 느낌이 왜 가끔씩 생각나는지 모를 일이었다.

파티룸으로 가던 민지가 뒤돌아 말했다.

"나, 확인증 받아서 학교에 제출하고 싶은데……. 같은 무리가 된 이상 싫어도 협조해야 하지 않을까."

태민이는 한숨을 푹 내쉬었다.

"그래, 갈 거야."

'저 애가 내 비밀을 눈치챈 건 아니겠지.'

태민이는 아까부터 자신을 보는 것 같은 민지의 눈을 피해 얼른 파티룸으로 들어갔다.

간다! 간다! 간다! 아 자자자자!

체험자 여러분! 지루한 교육은 끝, 이제 흥미진진한 교육이 시작됩니다.

즐겁게 노는 건 죄가 아니죠?

하지만 약물 한 사람이 여기에 오면 예방 교육이 아닌 재활 교육이

시작됩니다!

태민이는 걸음을 멈칫했다.

'약물 검사를 한 것도 아닌데……. 모르겠지.'

정태규는 헬멧 외관을 동물 가면으로 바꿨는지, 호랑이 가면을 쓰고는 두 팔을 흔들며 춤을 추고 있었다. 민지와 보라도 파티 분위기에 점차 녹아드는 것 같았다. 태민이는 멀뚱히 파티룸에 있는 사람들을 훑어보다 자기처럼 이 파티에 흥미 없어 보이는 아이를 발견했다. 다영이라고 했던가.

"넌 재미없어?"

태민이는 음악에 맞춰 고개만 까닥거리는 다영이를 발견했다.

"뭐라고?"

음악이 시끄러워 잘 들리지 않는 모양이었다.

"재미없냐고, 여기. 너도 여기가 무섭냐고?"

"응, 재미없어. 그리고 나는 약이 무섭지 않아. 사실 난 약을 하고 싶을 때가 있거든."

무심하게 말하는 다영이에게 태민이는 깜짝 놀랐다.

"여긴 마약 예방 교육 센터인데 약을 하고 싶다고?"

태민이는 누가 들을세라 주변을 둘러보며 물었다.

"왜 못 하게만 하는지 궁금하지 않아?"

다영이는 음악을 틀어 주는 DJ를 보았다. DJ는 붉은 머리에 크롭티를 입은 소녀였는데, 신나게 머리를 흔들고 있었다.

"저 아이도 엑스터시를 했을까?"

다영이는 심장을 쿵쿵 뛰게 만드는 음악들을 조합해서 틀어 주는 DJ가 꿈이었다. 수많은 DJ 관련 영상들을 보다 보니 MDMA 혹은 엑스터시라 불리는 파티용 마약에 대해서도 알게 되었다.

'더 신나게, 더 흥분되게, 더 즐겁게 만드는 게 그런 약들일까?'

지금도 파티룸엔 반짝이는 별들이 떠다녔다. 그 별 같은 약을 하면 어떤 기분이 들까 상상해 볼 때가 많았다.

다영이는 손을 뻗어 별빛을 만져 보았다. 유명한 DJ나 연예인들이 클럽에서 마약을 하고, 그러다 마약에 중독되어 목숨을 잃는다는 것도 알게 됐다. 그런 영상을 보면 호기심 끝에 두려움이 느껴졌다. 마약의 세계는 불꽃 가까이 가는 나방처럼 호기심에 날아갔다 불타서 사라지는 곳인 것 같았다.

다영이는 ZERO에 오면 자기가 몰랐던 마약의 세계를 알 수 있을까 기대했다. 다영이가 꿈꾸는 DJ의 세계로 데려다줄 거라곤 상상도 못했지만.

그때 춤추던 태규가 태민이와 다영이에게 다가왔다.

"올~ 태민이 너 벌써 작업 중인 기야? 스트레스가 풀리니까 자신감도 막 생기지?"

"헛소리만 하는 너, 되게 신나 보인다."

다영이가 태규에게 말했다.

"아닌데, 헛소리 아닌데. 둘이 썸 타는 것 같은데. 히히, 잘해 봐."

"너, 가상 마약이라도 했니?"

다영이가 못 말린다는 투로 물었다.

"내가 마약 할 사람으로 보이냐? 나는 단순해서 그저 이 순간에 몰입할 뿐이라고. 의심도 긴장도 풀고 이 순간을 즐겨. 에브리바디 파티~."

태규가 방방 뛰며 환호성을 질렀다. 태민이 그런 태규를 보고 고개를 저었고, 다영이는 밝은 태규 덕분에 웃음을 지었다. 무표정의 다영이 웃는 모습을 본 보라가 다영의 시선을 따라 태규를 바라보았다.

쿵!

갑자기 음악이 멈추더니 한쪽 벽이 반으로 쩍 갈라지기 시작했다. 벽 너머로 복도가 드러났다. 이어 ZERO의 목소리가 들렸다.

좀 더 신나게 놀고 싶은 사람은 저쪽으로 고고!

참가한 아이들과 가상의 사람들이 우르르 몰려갔다. 또다시 태민이만 뒤처졌다. 태민이는 혼자 있고 싶었지만 이렇게 낯선 곳에서는 또래 아이들과 함께하는 게 더 나았다.

파티룸 바깥은 복도였다. 복도에 신발장이 있고 신발장에는 색색의 댄스화가 있었다. 그리고 빨간 구두를 신은 소녀가 복도에서 멋지게 탭댄스를 췄다.

가상인지 실제인지 모를 사람들이 플라멩고, 탭댄스, K-POP 등 춤에 맞는 온갖 종류의 신발을 찾아서 신고는 신나게 춤을 췄다. 신발을 신으면 몸이 저절로 움직여지는 것처럼 보였다.

"탈출방이 뭐 이러지? 아무튼 이것도 미션이겠지."

민지가 어깨를 으쓱이며 보라색 구두를 집자, 보라도 빨간 신발을 골랐다. 태민이는 검정 구두, 다영이는 녹색 댄스화를 신었다. 한참 만에 태규도 흰 운동화를 집었다.

아이들이 신발을 다 갈아 신자, ZERO의 목소리가 들렸다. 이번에는 음울한 여자 목소리였다.

여러분의 주인은 누구인가요?

"당연히 저죠!"

태규가 큰 소리로 대답했다.

정말 그럴까요?

거대한 그림자가 여러분을 좀먹기 시작하면 상황은 달라져요.

저는 약물 중독자가 된 걸 후회하고 있어요. 하지만 끊을 수가 없어요.

춤추는 구두에 끌려다니는 소녀처럼 약물이 내 몸을 끌고 다녀요.

다리를 잘라 내도 그 구두는 계속 춤출 거예요.

복도의 천장이 거대한 화면으로 바뀌었다. 화면에서 퀭한 얼굴의 여자가 아이들을 바라보고 있었다.

그림자의 방

민지와 보라는 바닥에 주저앉았다. 다영이는 어지러움에 토할 것 같아서 입을 막고 벽에 기대었다. 태민이는 기둥을 붙잡고 서 있었다. 운동부였던 태규만 넘어지지 않은 채 균형을 유지했다.

주위가 빙글빙글 도는 듯 어지러웠다. 아이들이 신은 신발들이 제멋대로 움직였다. 신발을 벗으려 해도 톱니바퀴에 끼인 듯 벗겨지지가 않았다. 아이들은 이리저리 끌고 다니는 신발의 압력과 싸우느라 지친 모습이었다.

태민이는 신발에 이끌리지 않으려고 애쓰며 숨을 골랐다. 이 느낌! 처음 펜타닐을 흡입했을 때와 비슷한 면이 있었다. 온몸의 감각이 낯설고 붕 뜨는 듯한 기분. 하지만 그 묘한 기분과 달리 지금의 상황은 기분이 나쁘기만 했다.

곧 복도의 벽과 천장의 화면이 마약 중독자들로 가득했다. 울거나, 기운 없이 바닥에 누워 있거나, 흐리멍덩하게 바라보는 사람들. 화면을 보는 것만으로도 가슴이 답답해졌다.

"설마, 진짜 마약은 저렇지는 않을 거야."

다영이의 말에 민지가 물었다.

"왜 그렇게 생각해? 네가 마약을 알아?"

왠지 떠보는 듯한 민지의 눈길, 다영이는 피하지 않고 말했다.

"모르지. 그러고 보니 나한테 이상한 소문이 도는 것 같던 데……."

"다이어트 약 중독자라는? 너, 그 약 때문에 살 뺀 거 맞아?"

보라의 물음에 다영이가 헛웃음을 지었다.

"정확히 말하면 반만 맞아. 응, 병원에서 비만 판정받고 다이어 트 약도 처방받았어. 난 의사가 준 약만 먹었는데 함부로 남용했 다는 말이 돌더라. 누가 그런 소문을 냈을까? 죽어라 식단 조절 하고 운동한 내 고생은 알지도 못하면서."

다영이 민지를 보며 물었다.

"우리도 소문으로 들었는데 누군지 어떻게 알겠어."

민지의 대답에 보라가 고개를 크게 끄덕였다.

"사실은 보지도 않고 마약처럼 허상만 보길 좋아하는 아이가 떠들어 댔겠지. 마약 같은 아이들은 세상에 많으니까. 그나저나 우리 여기에서 나가려면 어떻게 해?"

다영이는 일어나 움직이려고 했지만 신발이 다영이의 발을 꽉 옥죄었다.

"아!"

다영이가 다시 바닥에 주저앉았다.

그때 ZERO의 목소리가 그림자의 방에 울려 퍼졌다.

맞아요, 나도 인생이 괴로워서 시작했어요.

처음에는 술, 그다음에는 약물에 손을 댔죠. 잠깐은 행복했어요.

우울한 그림자에서 벗어난 것처럼. 하지만 그게 아니었죠.

"우리가 하는 말을 들을 수 있어요?"

민지가 물었다.

그럼요. ZERO는 여러분과 대화할 수 있고,

여러분의 감정도 느낄 수 있죠.

"뭐야, 소름. 우리 감시당하는 거야?"

태규가 아이들을 보며 목소리를 높였다. 태규는 움직이려다 꼼짝 않는 신발 때문에 휘청휘청 넘어졌다. 그 몸짓이 우스워 겁먹었던 아이들은 저도 모르게 웃음을 터뜨렸다.

진짜 웃음소리를 들으니 기분이 좋네요.

약물에 중독되면 웃지 못해요.

약물이 내 몸에 들어와야만 웃을 수 있죠.

다영이는 ZERO의 말뜻을 알 것 같았다. 긴장을 풀고 즐긴 파티룸은 즐거웠다. 하지만 그 즐거움은 짧았다. 다영이는 인생에서 즐거움이 짧다는 걸 초등학교 때 깨달았다. 자신은 아이들 사이에서 겉도는 존재라는 걸 등굣길마다 느꼈다.

'학교 가기 싫다, 아프면 좋겠다, 학교가 무너졌으면, 살기 싫다.'

몇 년 동안이나 즐겁지가 않았는데, 약 한 알이 삶을 바꿔 줄까? 무너진 마음을 치유해 줄까?

"이 방은 마약의 효과가 끝난 뒤에 찾아오는 감정을 느끼게 하는 건가요? 얼마나 기분 나쁘고 몸이 힘든지 말이에요."

맞아요. 하지만 그걸 깨달았을 땐 중독자의 삶을 벗어날 수 없지요.
내 몸과 영혼을 마약이 이미 삼켜 버린 상태니까.

어지럽고, 돌덩이처럼 무겁고 답답한 마음에 아이들 모두 말이 없었다. 태민이는 무엇이 그리 답답한지 가슴을 움켜쥐며 눈가가 촉촉해지기도 했다. 다영이는 어지러움이 사라지는 걸 느꼈다. 다영이는 조심스레 자리에서 일어났다. 흔들리고 일렁이던 풍경들이 제대로 보였다. 신발도 어느새 조임이 사라지고 자유로움이 느껴졌다. 다영이는 천장을 보며 ZERO에게 물었다.
"방 탈출이 끝난 건가요? 발이 편해졌어요."

마약은 탈출할 수 없지만 마약탈출반 ZERO는 탈출할 수 있어요.
마약의 위험성을 깨친 주다영은 탈출에 성공했습니다.

"우리는요?
태규가 ZERO의 목소리를 듣고 자리에서 일어났다. 그러나 잡아끄는 신발의 압력에 금세 넘어지고 말았다.
"난 아예 일어나질 못하겠어. 발이 부러질 것처럼 신발이 꽉 조여."

보라가 울 것 같은 표정으로 말했다. 민지가 보라의 어깨를 다독이며 말했다.

"우리도 마약의 위험성을 이해하면 되는 거죠? 필로폰, 엑스터시는⋯⋯."

민지가 마약의 종류와 위험을 줄줄이 말해도 ZERO는 조용했다.

방 탈출에 성공한 다영이는 아이들 앞에서 자신이 빨리 사라져주는 게 낫다는 걸 깨닫고 조용히 그림자의 방을 떠났다.

축 처진 아이들의 침묵 사이로 요란한 사이렌이 울렸다. 이어 그림자의 방 안에 붉은 레이저 조명이 가득했다.

ZERO 폴리스! ZERO 폴리스!

그림자의 방에서 마약 복용 의심자가 발견됐다.

바로 하드 프로그램이 작동된다.

"뭐?"

"하드 프로그램?"

"이건 또 뭐야?"

놀란 아이들의 읊조림 속에 갑자기 바닥이 푹 꺼졌다. 깊디깊은 지하로 떨어지는 것 같은 공포가 아이들을 휘감았다. 놀란 아이들 틈에서 태민이는 그때의 기억을 생생하게 떠올렸다.

딱, 한 번이었다.

태민이는 서울로 고등학교 전학을 앞두고 중학교 친구들을 만났다. 그중에 친했던 절친이 많이 변했다는 걸 눈치챘다. 그만 집에 가고 싶었지만 오랜만에 만난 친구를 기분 상하게 하고 싶지 않았다. 태민이를 지켜 주던 친구였으니까.

공원 화장실에서 태민이는 절친과 그의 친구들이 파스처럼 생긴 무언가를 꺼내는 걸 보았다. 처음에는 그게 위험한 건지 몰랐다.

"이거 완전 죽여. 너도 해 볼래?"

친구가 어깨동무를 하며 말했다.

"이게 뭔데? 뭐가 그렇게 죽이는데?"

"펜타닐, 기분이 끝내주지. 그냥 근심 걱정이 다 사라져."

친구가 말하는 사이에 한 녀석이 펜타닐을 가위로 조그맣게 자르더니 불을 붙여 태웠다. 아이들이 그 연기를 들이마시기 시작했다. 엉겁결에 태민이도 연기를 들이마셨다.

처음에는 어지럽더니 나중에는 구역질이 치밀었다. 태빈이는 얼른 변기 칸으로 들어가 토하기 시작했다. 밖에서는 아이들이 키득거렸다.

"뭐야. 기분만 나쁘구만."

하지만 곧 달라졌다. 영화에서처럼 이상한 게 보이거나 기분이 좋아지는 건 아니었다. 그냥 멍해지고 축 늘어진 채 아무것도 하고 싶지 않았다. 일상이 나른하게 바닥으로 가라앉는 기분이었다. 태민이는 화장실 바닥에 앉아 친구들을 보았다. 그 아이들도 기운 없이 앉아만 있었다.

점점 약기운이 사라지자 정신이 또렷해졌다. 아이들도 하나둘씩 정신을 차리더니 신기하다며 피식대며 웃었다. 그런 아이들이 무서워서 태민이는 공원 화장실에서 도망치고 싶었다. 그런데 발이 떨어지지 않았다.

'뭐지? 움직일 수가 없어.'

태민이는 발이 돌덩이라도 된 듯 움직일 수 없었다.

멀리서 경찰차의 사이렌 소리가 나는가 싶더니, 어느새 경찰들이 태민이에게 다가와 물었다.

"너 여기서 뭐 하고 있니?"

"네? 난, 그냥……."

태민이는 달아나려 했지만 경찰이 잡고 놔주지 않았다.

말 못 하고 있는 태민이의 귓가에 음악 소리가 들려왔다. 어렸을 때 듣던 베토벤의 자장가 소리가 점점 커지더니, 어느새 요란한 알람으로 변했다.

'뭐지? 이건 현실이 아니야.'

태민이는 뒤엉킨 이미지들 속에서 그때의 일을 떠올렸다.

'나는 잡히지 않았어. 그대로 도망쳤잖아. 계속 펜타닐을 하고 있던 그 애들은 잡혔겠지?'

서울로 온 태민이는 가끔 펜타닐이라는 단어를 검색해 봤다. 동시에 펜타닐 연기가 기억 속에서 피어오르곤 했다. 스트레스를 받을 때마다 그때의 몽롱한 기분이 상기되곤 했다.

태민이는 고개를 세차게 젓고 주변을 살폈다. 여전히 신발은 신겨 있고 헬멧도 씌어 있었다.

"분명히 그림자의 방에서 떨어졌었는데, 여긴 어디지?"

태민이는 손을 더듬어 스위치를 켰다. 형광등 불빛이 한참 껌 벅거리더니 불이 들어왔다. 그때의 공중 화장실이었다. 불쾌한 악취가 풍겼다. 화장실 한 칸에 한 남자가 변기에 기대어 있었다.

"오, 반갑다. 너 혹시 약 있니?"

"네? 누구세요?"

대답 없이 손을 벌리며 다가오는 남자를 피해 태민이 뒤로 물러났다.

"왜? 내가 역겹냐?"

태민이는 아무 말도 못 했지만, 남자는 태민의 눈빛을 알아챘다.

"세상은 원래 역겹고 더럽지. 그러니 사람도 역겹ㄱ 더러워야 해. 최고가 될 수 있는 사람은 정해져 있어. 나머지는 똥파리나 패배자야. 피를 쪽쪽 빨리며 근근이 살아야지. 그게 인생이야. 우린 다 똥으로 태어난 거야."

태민이는 이곳이 마약탈출방이라는 걸 잊지 않았다. 자신은 이 남자와 다르게 마약 중독자가 아니라는 걸 알려야만 했다. 태민이는 힘주어 말했다.

"아저씨는 진짜가 아니잖아요. ZERO에서 만들어 낸 가짜잖아요."

남자가 변기에 대고 구역질하며 속엣것을 게웠다. 태민이는 얼굴을 찌푸렸다.

"똑똑한 놈, 내가 선물을 줘야겠네."

태민이 생각대로 이건 테스트였다.

남자가 자기 발밑의 깨진 타일을 가리켰다. 타일 아래에는 별 모양의 알약이 하나 있었다. 파티룸에서 보았던 약이었다.

"너 지금 기분이 안 좋지? 자, 먹어라. 내 토악질도 음악으로 들릴 거다. 웩웩웩, 웩 더 비트!"

태민이는 그 약에 손을 뻗었다. 한데 약은 진짜였다.

절망의 미로

보라와 태규가 떨어진 곳은 절망의 미로였다. 분명 가상이었을 텐데, 바닥에 떨어지면서 태규가 뭘 어쨌는지 발을 삔 것 같았다. 발을 옥죄던 신발도 어느새 보이지 않았다. 자유로워진 보라는 아파하는 태규를 보았다.

"너 괜찮아? 이러고만 있음 안 될 것 같은데. 일단 우리 방법을 찾아보자. 자, 나한테 기대 봐."

"에이, 내가 원래 도움 받는 타입이 아닌데."

보라의 부축을 받는 순간에도 태규는 장난기 어린 말을 했다. 잔뜩 겁먹었던 보라도 덩달아 긴장이 풀렸다.

그때 헬멧에서 맨 처음에 들었던 ZERO, 개발자 존 스타인의 성난 목소리가 들려왔다.

참가자 중에 마약 투약자가 있다.

그래서 참가자들은 모두 하드 프로그램 대상자가 되었다.

너희는 ZERO의 밑바닥에서 탈출 방법을 스스로 찾아내야 한다.

"목소리가 불쾌하게 명령적이지 않아? 내가 왜 이런 대접을."

"그래, 어련하시겠어."

보라의 대답에 태규가 잠시 걸음을 멈췄다.

"너, 나를 아는 것처럼 말한다?"

"어쩌면. 너 민지하고 중학교 때 사귀지 않았어?"

"뭐냐, 여민지. 아까 만났을 때는 알은체만 해도 잡아먹을 듯한 눈빛을 보내더니. 너한테는 다 말했나 보네."

"여민지가 그런 사람이니. 촉이 좋은 내가 눈치챈 거야."

보라의 말에 태규가 놀란 듯이 말했다.

"와, 여자들의 독심술은 무섭네. 그래, 민지랑 사귀었는데 이유도 모른 채 차였어."

"진짜? 민지가 좀 싸가지 없긴 하지만 그 정도는 아닌데."

천진하게 말하는 보라를 보며 태규가 웃었다.

"너 은근히 베프를 깐다."

태규의 말에 부끄러워진 보라가 눈동자를 이리저리 굴렸다. 그 모습을 귀엽게 보며 태규가 말했다.

"괜찮아. 짐작은 되니까. 만나거나 통화하면 민지는 내가 재미없다고 그러더라고. 당최 이해가 안 되네. 잘생긴 놈이랑 있으면 세상이 다 재밌지 않냐?"

활짝 웃는 얼굴로 묻는 태규를 보자 보라는 코웃음이 나왔다.

"잘생긴 거 인정. 근데 잘생긴 얼굴이 재수 없어 보이는 거 알지?"

"아닌데. 어이없는 척 입술은 웃고 있는데."

태규의 너스레에 보라는 피식 웃음이 터져나왔다. 태규가 귀엽고 재밌었다.

"철이 없어서 웃은 거야. 겉만 잘났지 하는 짓이 한심해서 차였구만."

"뭐야, 잔소리할 거면 나 혼자 걸어간다."

뾰로통해진 태규는 보라를 뿌리치고 앞서 걸어갔다. 그러다가 윽, 하며 비틀거렸다. 보라가 재빠르게 부축했고, 태규가 말했다.

"고맙다. 조심조심, 천천히 걸으면 될 것 같아."

보라와 태규는 절망의 미로 방이 뭔지 알았다. 미로 아래로 절벽이었다. 건너가려면 절벽과 절벽 사이를 지나야 했다. 아무런 도구도 없이.

"내가 초등학교 때 멀리뛰기 선수였거든. 발목만 안 삐었어도 쉽게 뛰어넘을 텐데."

"이런 상황에서도 농담이 나오니?"

마약탈출방 ZERO | 박진규

"농담 아니라, 진짜로 할 수 있을지도 모르지."

태규는 이성에게 모처럼 편안한 기분을 느꼈다. 민지나 다른 여자애들에게는 느낄 수 없는 감정이었다.

"왜 쳐다봐?"

"응? 아니. 우리 둘이 저 미로를 건널 수 있지 않을까 해서."

보라가 한숨을 푹 내쉬었다.

"마음만 먹는다고 되겠어. 민지였으면 뭔가 찾아냈을 텐데."

"너, 민지한테 너무 의존적인 거 아냐? 하늘에서 여민지가 뚝 떨어질 것도 아니고 우리가 답을 찾아야 해."

보라는 자신을 간파한 태규에게 놀라면서도 당당한 태규가 한편으론 믿음직스러웠다. 태민이와 보라는 벽과 바닥을 한참 번갈아 보다가 포기했다. 골똘히 생각에 빠져 있던 보라가 갑자기 짝, 손뼉을 쳤다.

"우리 바보 아니냐?"

"그러게 우리, 바보 같은 구석이 좀 있지."

반짝이는 보라의 눈빛에 화답하듯 태규가 대답했다.

"우리는 사기당하기 딱 좋겠다. 여기는 가상 세계인데 우리가 왜 이러고 있냐고?"

"그렇지. 그래서 마음을 단단히 붙잡아야 하는 거야."

태규는 이미 생각했다는 듯이 말하며, 낭떠러지를 다시 살폈다.

"난 그냥 바보 할란다. 가상에서도 이렇게 다리가 아픈데 진짜면 어떡하냐? 건너다가 낭떠러지에 떨어지면 어쩌냐고?"

태규가 움직일 기미가 없자 보라가 허공에 발을 내딛었다. 놀란 태규가 보라의 옷을 꽉 움켜쥐었다.

"유리 바닥이 있는 것 같은데."

허공인 줄 알았던 곳에 보라가 발을 한 발, 또 한 발 내딛고 허공에 섰다.

"오, 너 전사 같다!"

태규도 허공에 발을 내딛으며 감탄했다. 그 순간 태규가 비명을 지르며 미끄러졌다. 낭떠러지로 떨어지는 태규를 보며 보라가 두 손으로 얼굴을 가렸다.

"괜찮아, 나 안 죽었어."

태규의 자그마한 소리가 들려왔다.

보라가 손가락 사이로 보니 태규가 나무늘보처럼 허공을 껴안고 있었다. 그러더니 천천히 올라와 절벽과 절벽 사이의 허공에 걸터앉았다.

"아 씨, 너무 좋아서 발이 아픈 걸 깜박했어. 다리가 더 아파진 나는 기어갈 거야. 넌 내 엉덩이 보고 따라오면 돼."

"싫어. 내가 앞장설게."

"느린 내가 너를 따라가다간 놓치거나 마음이 급해 또 떨어지고 말 거야."

"에휴, 알았어."

태규와 보라는 조심스럽게 미로의 허공을 걸어갔다.

'낭떠러지로 떨어질 것을 알면서도 허공을 걷는 것. 마약이 이런 걸까? 이 방은 그걸 알려 주려는 걸까?'

태규를 따르느라 저절로 걸음이 느려진 보라가 낭떠러지의 허공을 보며 생각했다.

고백할 기회를 주겠다.

왜 이곳에 떨어지게 됐는지 알겠나?

기습적인 ZERO의 목소리가 들려왔다. 보라는 그 자리에서 굳어 버렸다.

"공보라, 왜 그래?"

태규가 뒤돌아보며 물었다. 보라의 눈가에 눈물이 맺혔고 혼잣말하듯 말했다.

"내, 내가 다이어트 약을 먹었어. 좀 많이. 거기에 마약 성분이 있는 줄은 정말 몰랐어."

통통했던 보라는 엄마를 졸라 병원을 찾았다. 처방을 안 해도 될 것 같다는 의사 선생님을 졸라 아주 조금 다이어트 약을 처방받았다. 조금인데도 약을 먹자 밥맛이 없고 식욕이 줄어 살이 빠졌다. 이후 두 곳의 병원에서 약 처방을 퇴짜 맞았고 할 수 없이 SNS를 검색했다. 살이 빠지기 시작한 마당에 포기하고 싶지 않았고, 새로 시작하는 고등학교에서는 새로운 모습이고 싶었다.

그렇게 트위터를 통해서 다이어트 약을 텔레그램으로 구매할 수 있었다.

보라는 ZERO 관리자가 들리도록 허공에 대고 말했다.

"불법으로 약을 사고 함부로 먹어서 죄송해요! 하지만 저는 중독자가 아니에요. 저도 제가 이상해지는 것 같아서 부모님께 말씀드리고 치료했어요. 이제는 다이어트 약을 안 먹는다고요. 네? 여기서 나가게 해 주세요."

울먹이는 보라를 태규가 일으켜 세웠다.

"미안해, 나만 아니었으면 다들 쉽게 통과했을 텐데."

"아니야, 내 생각에…… 이건 그냥 고백 게임 같은 거라고."

"고백 게임?"

"응. ZERO는 사람 심리를 몰아세워서 마음에 숨겨 둔 비밀을 말하게 하는 거라고."

"그런 걸까?"

"응. 네가 아니라도 우린 여기 떨어지고, 우리 중 누군가 한 명은 고백했을 거야. '너를 좋아하는 거 같아' 뭐 그런 고백이라도."

"뭐야. 뭔 비유가 그래. 넌 정말 갑 중에 갑, 긍정 마인드구나."

보라는 분위기를 바꾸는 태규의 재능이 놀라웠다.

여민지는 이 모든 것을 스튜디오에서 혼자 지켜보고 있었다. 민지가 떨어진 곳은 스튜디오였다. 화면을 통해 ZERO 안에서의 일들을 살펴볼 수 있었는데 스튜디오 문은 잠겨 있었다.

민지는 공중 화장실에서, 자기 손 안의 알약을 바라보다가 결국 삼키는 태민이를 보았다.

"쟤가 마약 투약자였던 거야?"

하지만 문이 열리고 태민이는 화장실 밖으로 사라졌다.

"탈출했잖아? 그럼 태규가?"

민지는 태규와 보라가 나오는 화면을 찾았다. 두 아이는 절망의 미로에 갇혀 있었다. 보라와 태규는 장난도 치고, 서로 돕기도 하면서 단짝이 되어 갔다. 민지는 기분이 이상했다. 자신이 태규와 보라를 잘 안다고 생각했는데 두 사람에게서 새로운 모습이 보였다.

"둘이 잘 어울리네."

민지는 소외감도 질투도 아닌 묘하고 불쾌한 마음이 들었다.

화면에서는 보라가 허공을 보며 슬퍼하는 모습이 보였다. 겁 많은 보라가 낭떠러지 때문에 무서워서 그런 줄 알았는데, 보라의 눈빛과 표정, 태규의 행동을 자세히 살피니 마약한 사람은 보라인 것 같았다.

"절친인 나한테도 숨겼으면서, 처음 본 태규한테 말하다니."

민지는 배신감을 느꼈다. 그러다가 학교에서 다영이 이야기를 할 때, 자기도 살 때문에 약을 먹어 본 적이 있다고 했던 보라의 말이 뒤늦게 생각났다.

서로를 의지하는 보라와 태규를 보는 민지는 저도 모르게 화면을 째려보았다. 그때 ZERO의 목소리가 들렸다.

왜 마약을 하게 될까?

"그 문제가 여길 나가는 열쇠예요?"

민지는 허공에 대고 물었다. 아무 대답도 없었다. 민지는 자포자기하는 마음으로 주절거렸다.

"글쎄요. 왜 마약을 할까요? 호기심? 힘들어서? 궁금해서? 호기심 때문에 할 것 같아요!"

허공에 대고 크게 말했지만 문은 열리지 않았다. 분명 마약 교육에서는 호기심이나 주변 권유 때문이라고 했었다. 답을 말했는데도 문이 열리지 않자 점점 공포감이 들었다. 마약의 종류, 위험성, 중독자의 모습 등 ZERO 극장에서 보여 준 내용들을 찬찬히 되새겼다.

"아! 나쁜 친구들 때문에요."

민지는 태민이를 생각하며 말했다. 그 말과 동시에 마음이 뜨끔해졌다.

'보라는? 보라가 나쁜 친구인가? 보라는 그저 다이어트가 목적이었는데.'

"……혹시 멋있어 보이려고?"

문이 열리지 않자 민지는 점점 초조해졌다. 모든 시험 문제를 술술 풀던 자신의 인생에 이렇게 어려운 문제가 나올 줄은 전혀 몰랐다. 민지는 크게 숨을 내쉬고 다시 생각했다.

"여기는 마약탈출방이야. 탈출방. ZERO는 우리 말을 다 듣고 있어. ZERO! 힌트를 주세요, 힌트를."

그러자 헬멧의 스피커에서 익숙한 목소리가 들려왔다.

"질문에 답을 해야 나갈 수 있어."

ZERO가 아닌 다영이였다.

"너 탈출한 거 아니었어?"

"아직 ZERO에 있어."

"스튜디오?"

민지가 주위를 둘러보았다.

"응, 나는 다른 스튜디오에 있어. 내가 나가길 거부하자 힌트 임무를 주더라고. 참가자들이 힌트를 원하거나 힘들 때 도와주래."

민지는 좀 짜증이 났지만 지금은 다영이의 도움을 받아야 했다.

"그럼, 힌트 좀 줘 봐."

"문제가 힌트야. 왜 마약을 하게 될까? 머리가 아니라 네가 깨닫는 마음으로 풀면 ZERO의 AI가 네 감정을 캐치하고 문을 열어 줄 거야."

민지는 인상을 썼다. 마음을 표현하는 건 힘든 일이었다. 반에서 아싸인 다영이가 듣고 있는데, 은근히 다영이를 싫어했던 자신이 마음을 표현하는 건 더더욱. 그래도 현실을 직시하고 진실을 말해야 한다. 이런 힘든 감정을 감출 수만 있다면 뭐라도 하고 싶었다. 혹시, 이런 마음 때문에? 마음에서 일어나는 짜증, 그 짜증을 토해 내고 싶었다.

"화나니까. 화가 나니까! 남들보다 앞서고 싶은데 그게 쉽지 않을 때, 모두한테 잘 보이고 싶은 마음이 스트레스가 될 때, 외로운데 아무도 없는 것 같은 기분이 들 때 짜증 나고 화가 나. 마약을 하고 싶을 것 같아."

민지는 화가 나서 뱉어 냈을 뿐 슬픈 기분이 아니었는데도 눈물이 고였다. 스르르, 문이 열렸다. 한 번도 들어 보지 못한 ZERO의 인자한 목소리가 들렸다.

삶에는 견딜 수 없는 순간이 있습니다.
그 순간을 약물로 피한다고 고통과 슬픔이 사라지는 건 아닙니다.
고통을 인정하고 앞을 향해 걸어가는 사람에게는 희망이 있습니다.

민지는 스튜디오 밖으로 나왔다. 길게 이어진 복도 끝에 누군가의 그림자가 보였다.

선택의 약

태민이는 손바닥의 알약을 삼키기 전에 고민했다.

'이건 어떤 약일까? 펜타닐처럼 끔찍한 약은 아니겠지. 그냥 기분이 좀 좋아지는 약이었으면 좋겠어. 그런데 펜타닐을 태운 냄새를 맡고 이상한 기분이 들었을 때도 중독될 것 같진 않았어. 난 중독자는 안 될 거라고.'

하지만 태민이는 막연히 알았다. 그 나른한 기분에 휩싸이면 어느 순간에 헤어 나오지 못할 수도 있을 거라는 걸. 태민이가 약을 바라보고 있는데 헬멧에서 여자아이의 목소리가 들렸다.

"삼키고 싶으면 삼켜도 돼. 그건 마약이 아니라 너한테 주어진 선택의 약이니까."

"어? 너."

"맞아, 나야. 주다영."

"그래. 너 밖으로 나간 거 아니었어?"

"나가고 싶었지. 한데 ZERO가 친구들을 버리겠냐고 하더라. 친구는 무슨, 밉기만 한 아이들인데 내가 그냥 나가 버리면 나도 미운 애가 될 것 같아서. 그래서 힌트를 주는 역할을 하고 있어."

"오늘 본 나를 생각해 주다니 고맙다. 그런데 이게 마약이 아니라고?"

"응. 선택의 약이야. 그 약을 버리면 넌 나갈 수 있어. 하지만 약을 삼키면 진짜 ZERO의 재활 프로그램을 통과해야 해."

"뭐라고? 이미 하드 트레이닝을 하고 있는 거 아니야?"

"나도 그런 줄 알았는데, 그게 ZERO의 속임수였어. 이건 누구나 하는 ZERO의 마약 예방 프로그램이야. 예방 프로그램을 마친 우리는 나갈 거지만, 너는 그 약을 삼키면 진짜 재활 프로그램을 통과해야 해."

태민이는 알약을 한참 바라보다가 입에 알약을 넣고 어금니로 깨물었다. 그럴 줄 알았다는 듯이 다영이 미소를 지었다.

"뭐야? 이거 사탕 같은데?"

새콤한 비타민 같은 맛에 태민이가 물었지만 다영이는 이미 사라진 것 같았다. 혼자 남겨진 탈출방에 태민은 당황했지만 자신의 선택에 후회는 없었다.

화장실 문이 열렸다. 태민이는 그때의 공원 화장실에서처럼 도망가지 않을 작정이었다. 도망만 다니다가 또다시 흔들리거나 약물의 기회가 왔을 때, 다시 손을 대는 것보다는 나으니까.

태민이는 손에 힘을 꼭 주고 화장실 밖을 나섰다. 복도 저쪽 끝에서 민지가 나타났다. 민지는 태민이를 지나칠 때 물었다.

"네가 먹은 거, 정말 마약이야?"

"아니. 시간을 되돌리는 약 같은 거야. 내가 돌아가고 싶은 시간이 있는데, 여기에 남으면 알 수 있을 것 같아."

민지는 짧게 고개를 끄덕이며 단단한 눈빛을 보냈다.

"그래, 밖에서 언제 한번 보자."

민지는 손을 흔들고 탈출구 쪽으로 향했다. 태민이도 민지와 반대 방향으로 걸음을 뗐다.

참가자 5명 중 4명 ZERO 탈출 완료

나머지 1명은 하드 재활 프로그램으로 이동

ZERO의 목소리와 동시에 건물에 고오오오오~ 소리가 울리며 건물이 뒤틀리기 시작했다.

마약탈출방 ZERO 체험자를 위한 탈출 질문

※ 다음 중 마약탈출방 ZERO에 대한 정답을 고르시오.

1. ZERO는 현실 공간이 아닌 마약 중독자 태민이가 본 환영의 세계이다.

2. ZERO는 처음부터 AI 기능으로 태민이의 펜타닐 경험을 알아내고, 태민이의 재활을 위해 모든 프로그램을 내부에서 만들어 낸 것이다.

3. ZERO는 ZERO 개발자가 상상해 낸 마약 체험방 게임의 시나리오이다.

4. ZERO는 태민이가 펜타닐을 다시 체험하고 싶은 마음을 다잡으려고 스스로를 주인공으로 쓴 웹소설이다.

5. 마약탈출방 ZERO는 이 세상에 진짜 존재하고 있다. 아직 당신이 참여할 기회가 없었을 뿐.

원고 청탁을 받고 마음이 무거웠다. 수사 전문지 『수사연구』의 편집장이다 보니 취재 중 형사들에게 청소년 범죄의 현실을 듣는 일은 많았다. 요즘 사이버 도박과 마약이 10대의 일상 깊숙이 파고 들었다고 했다.

하지만 현실을 아는 것과 그것을 소설로 쓰는 일은 달랐다. 주제에 맞게 청소년 마약 예방에 대해 쓰고 싶었지만, 어떻게 접근할지가 쉽지 않았다. 무엇보다 소설이니 뻔한 얘기나 지루함은 피해야 했다. 무거운 문제지만 가벼운 터치로 가고 싶은 마음도 있었다. 그러다가 방 탈출 형식인 「마약탈출방 ZERO」의 아이디어가 떠올랐고, 미션 해결을 통해 주인공들이 티키타카를 보이며 스스로 고민하는 방식으로 이야기를 진행시켰다.

무엇보다 마약에 중독되는 이유에 대해 말하고 싶었다. 형사들의 말을 들어 보면 마약에 빠지는 이유는 생각보다 사소했다. 다들 처음부터 중독자가 되고 싶어서 마약을 찾지는 않는다. 외로워서, 삶이 재미없어서, 누군가 나의 말을 들어주지 않아서, 친구들 사이에서 혼자만 약한 척하기 싫어서. 마약성 다이어트 약 같은 경우에는 살이 쪘다는 콤플렉스 때문에 빨리 살을 빼고 싶은 유혹에 빠져 약에 손을 댄다.

하지만 마약이 주는 효과는 가짜 위안이고, 시간이 흐른 후 치러야 할 가짜 위안의 대가는 너무나 크다. 나는 청소년들이 진정한 친구를 통해, 좋은 책과 취미 활동들을 통해, 그리고 청소년기를 지나 더 넓은 세상을 만나면서 진짜 즐거움, 진짜 위안들을 찾기를 바라는 마음으로 이 소설을 썼다. 아직 성인이 되기도 전의 10대들이 중독으로 인생의 늪에 빠지는 건 너무나 안타까운 일이다.

쉽지 않은 소재와 방식이어서 「마약탈출방 ZERO」를 완성하는 일은 쉽지 않았다. 긴 시간에 걸쳐 이 작품을 고민해 주고 소설을 다듬어 준 마음이음에 감사함을 전한다.

박진규
2005년 문학동네소설상을 받으며 등단했다. 청소년소설 『나의 아메리카 생존기』 『환상박물관 술이홀』을 출간했다. 현재 수사 전문지 『수사연구』의 편집장으로 일하고 있으며, 강력 범죄 취재 에세이 『창밖에 사체가 보였다』를 출간했다.